对话艺术家张喜忠

章砚作品选

WODERIMUXIANGGUAN

我的日暮乡关

张 衍 著

吉林文史出版社

图书在版编目(CIP)数据

我的日暮乡关：章砚作品选 / 张衍著.
-- 长春：吉林文史出版社，2016.12
ISBN 978-7-5472-1956-0

Ⅰ. ①我… Ⅱ. ①张… Ⅲ. ①中国文学－当代文学－
作品综合集Ⅳ. ①I217.2

中国版本图书馆CIP数据核字(2015)第314138号

我的日暮乡关
WODERIMUXIANGGUAN

本书策划　吉林良木旅游文化开发有限公司
　　　　　上海尔洲文化发展有限公司
作　者　张　衍
责任编辑　王丽媛
封面设计　周　瑶
扉页题字　孟家如
装帧设计　张宇曦

出版发行　吉林文史出版社
地　址　长春市人民大街4646号　　邮编：130021
印　刷　通化新华印务有限公司
开　本　210mm X 285mm　1/16
印　张　15.25
字　数　100千字
标准书号　ISBN 978-7-5472-1956-0
版　次　2016年12月第1版
印　次　2016年12月第1次
定　价　60.00元

目　录

1.艺术启蒙

　　浑江原名佟佳江，得名于满族佟佳氏，是鸭绿江一大支流，由辽宁丹东入海。浑江市在浑江流域一带，位于长白山脚下，这里茂林遍野、山清水秀、矿藏丰富，两条铁路纵线源源不断地为国家输送着矿藏资源。普通浑江人家尽管过得清苦，精气神儿却都不错，邻里乡亲和睦共处。1966年的秋天，张喜忠就出生在这里。

　　这个被叫作城市的地方不像是一个城市，人们不是集中在一起而是散落在两条铁路干线上。它很大，因为它从没有被城墙围起过。它没有值得忆起的历史可取得一种年龄。这使得土匪们得以飞行在广阔的大地上搜寻剩余的村舍和猎物。他们不需要走出去，他们贴附在这块土地上呼吸着灰尘。

　　也只有这些土匪没有最终背叛这个城市。他们的精神在今天仍然被追杀。

　　我曾经效法这些伟大的传说要重建远古的匪帮。

——《哭岛》张喜忠

　　上世纪九十年代，浑江更名为白山，且升为地级市。身处重工业基地白山很早就实现了城市化，但所藏资源在无限度的开采下已近枯竭。早年曾在城北奔流而过的浑江水流湍急，鲜美的河鱼翻滚跳跃，眼下改道穿过城市中心，已经消瘦得像条麻干儿，时有断流之虞，人与人之间的关系似乎也不那么敞亮了。

　　即便如此，长白山的钟灵毓秀仍然孕育了不少人才，白山市美协主席周连德就是一例。

画 家 周连德

　　周连德是张喜忠在艺术上的启蒙之一。当时周连德刚从吉林艺术学院毕业，被分配到了浑江文化馆。张喜忠家离文化馆近，闲着没事儿就爬窗看周连德画画。起初，周连德还撇嘴赶他——"去！"后来两人慢慢熟络起来后，张喜忠就时不时到办公室问他画画上的事儿，不知不觉间，二人就发展成了艺术上的忘年交。

　　张喜忠的父亲很有修养，乐于结交朋友。他丰富的知识，广阔的阅历以及开明豁达的思想，给了张喜忠发展独立人格足够的空间与自信，而父亲的好友王春桐正是喜忠在绘画上真正的启蒙老师。

对 话

章砚：

正式学画之前，你有过绘画或者涂鸦的经历吗？

张喜忠：

说起来，有这么一件趣事儿。

小时候，我们家有一副扑克牌，上面有一个铁索桥，我爸有一次教我画画，就画这个铁索桥。他闲画了两条平行线，在中间打叉，在下面再画几笔波浪线代表水。我就跟他说不对，就给他加了几笔，把那个桥画成立体的了。我爸一看惊呆了，以后再也不教我画画了。

 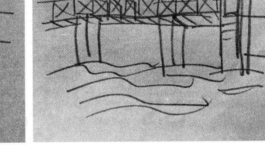

我爸大概画这样（左）　　　　　　　　我改的（右）

其实这个事情后来我想起来才觉得有意思，我的绘画思维从最开始就是立体的，这跟很多小孩儿的涂鸦不一样。而且小时候我从来赢不了儿童画比赛，因为压根不会那么画。所以他们画儿童画的时候，我就去学素描了。

章砚：

涂鸦一词在今天的中国可挺火啊。

张喜忠：

街头涂鸦文化是从上世纪初在美国兴起的，现在世界各地确实很多人接受它了，不过此涂鸦非彼涂鸦。在西方它有产生的土壤，比如居住环境的狭隘把生活抛露到街头，以及贫富悬殊造成的诸多问题等，让许多人边缘化；但国内所谓的"接轨"改变了它原有的味道。对此我不看好，不过多元的世界，什么都可以产生，也可以泯灭，顺其自然吧。

章砚：

　　王先生与你是如何相识的？他如何对你进行艺术启蒙教育的？

张喜忠：

　　启蒙这个词很对。在白山，高润川先生、周连德先生、薛林兴先生等，很多人都是我的老师，但真正的启蒙老师是王春桐先生，他对我真是用心，跟他学画的几年打下了很坚实的绘画基础。

　　我和他结缘也是巧，小学的时候我的同桌是他的儿子王洪全，他有时候会带一些稀罕玩意儿过来，比如他曾送我一小截用剩的炭笔，当时谁也没见过这个东西，一画下去一大片黑色。

　　真正的机缘是有一次他带来了一本彩色连环画，画得非常好！里面有一匹枣红色的马，我到现在都能清楚得回忆起那个故事和那些画面。洪全看我喜欢，就跟我说他家里还有很多，结果我一进他家门就震住了——满屋子都是书和画册！从桌子一直摞到天花板！

　　但是他爸不允许我们随便碰，我俩就等着他出门的时候偷偷看。后来常去他家，他爸有一天就突然问我，"喜忠，你要不要学画画？"我顺口就说，"不要！"，回家后又挺后悔，就跟我爸说了，我爸就说，"没事儿，我领你去！"进门后才发现家长其实都认识，我爸很欣赏他，我也就开始跟着他学画了。

　　王先生规定我每天晚上5、6点钟到他家，学一个半小时后再回家。我学得快，没几天他发现我画得真的不错，可能比白山其他学画的小孩儿画得都好，就改变了态度，开始对我非常用心，也很严格，给我买画册（当时画册又稀少又贵，根本买不到），亲手缝速写本、做画夹给我，要求我每天画速写，一天能画几十张，一直这么画了四五年，后来当柴火烧时，发现能装下两三个大麻袋！其实我的基本功都是在那个时候练下的。

现在想起来，我在艺术上的起点还挺高，王老师当时给我买过《世界美术》创刊号（封皮是凡·高的向日葵）和门采尔的小册子，他在素描上一开始就准备让我往伦勃朗和门采尔去，再往下就是柯勒惠之、乔尔乔内、利伯曼的应用人体结构和人体绘画。还让我每天临一帖黄自元的间架结构，说之后就要用毛笔画素描。这个想法不错，但选的本子失策了，我的字写不好就是因为练这个结构练太死。

章砚：

不过，从这儿完全可以看出，王先生对你很好。

张喜忠：

情同父子，我叫他王叔。

王先生是科班出身，那个年代科班出身的人实在不多，况且他在校时也是高材生，他的老师和同学也都很有名，比如鲁迅美院的老教授顾连堂，国画功底很好。顾是延安时候的老画家，他送给王先生一本速写册，那上面的画实在是太精美了，王先生把他送给了我，我也奉若至宝。

但我当时年轻气盛，因为工作的事情和他走远了，再加上后来去了北京，就没有来往了。我姐告诉我说，有一次在大街上碰到他和几个画画的聊天，正好说到我，特意把她叫过去说，"你弟弟是个了不起的人，不鸣则已，一鸣惊人。"

章砚：

我对王先生有印象，他很优雅，在我印象里，无论严寒酷暑，总爱穿一身休闲装，挎着好几部相机，头发背梳，一副清高的神态。

张喜忠：

当年他在浑江可是个风云人物，大家都很尊重他。

他会摄影，是市里各项活动和会议的"御用"摄影师；还会设计皮包、家具，他设计的几个样式总是很快就风行这个小城。他要学什么就钻进去学，做什么就做成专业，这两点对我影响很大。

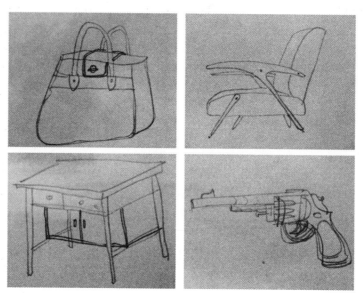

＊图一 设计的皮包盖子，还带十字扣，当时绝无仅有，他有时候放一
　　　 把伞在旁边露出头来，很洋气
＊图二 设计的椅子，30年前的流线型结构沙发
＊图三 当时的书桌只有四个脚，王老师设计了一个柜子在下面
＊图四 为文工团打制的手枪道具，上了黑漆，跟真的一样

　　他设计的这些东西都很巧妙，又实用，自己几下就做好了，我小
时候很佩服，所以到现在都记得。

　　王先生和新华书店关系好，在那个图书紧张供不应求的年代，遇
上好书，往往限购，甚至购书队伍排出很长。王先生预定好的画材、
书籍，未上柜台，便被他台下买走，拿来让张喜忠习练与参考。也因
此，张喜忠能够较早地接触到国际优秀艺术家。

恩　师　王春桐

为了让张喜忠更好地利用可利用的时光来画画，王先生亲手为张喜忠设计了一个便携式写生簿，极易铺展，写写画画也很顺手，对张喜忠的绘画练习帮助很大。而且他每天还要检查张喜忠的习练情况，看长进还是倒退，或奖或罚，一丝不苟。

张喜忠在绘画中找到了快乐。闲暇时间，别的小朋友都去玩了，他则坐下来画画，有时还为同学画，尽管不善言谈，还是拥有了极好的人缘。

王先生是一个真正豁达的人，在白山这个注重师从以专的地方，他还能鼓励张喜忠多向其他老师学习，他告诉喜忠，"你要学所有老师之长，避他们之短，对我也不例外。"所以，细数起张喜忠的老师，名单能拉得很长：王春桐、宋文梅、高润川、周连德、薛林兴、吴成训、时晓钟、王洪吉、王君瑞……张喜忠绘画基础形成的阶段，接触的是白山艺术圈真正的精英，真正说得上是博采众长。

40年后，张喜忠回想起当年学画往事时，依然十分动情。

他记得，王先生住在一幢老宅里，那幢老宅子有互相对着的两间屋子，住着两户人家，王先生家是其中之一。那时的灯火远没今天明亮，每天晚上，张喜忠就在王先生家昏黄的灯光下，一点点进行着美术基础训练。

每天学完画，张喜忠就一个人沿着冷寂的长巷，亦步亦趋往家走，那会儿街上几乎没有行人，除了月色星光或者密布阴云，便是他星星点点的脚步了。他就那么走着，小小的心中，平生了许多渴望，他知道，不久的将来，在他的笔下，将会产生许许多多绚丽的风物，这风物属于他的世界，在这个世界里，他将无比自由。

2.学 友

　　张喜忠学画的时候还有许多同道，在当时，这群学画的孩子们是浑江的一道风景。

后排从左至右：王振德、时晓钟、江涛、张喜忠
前排从左至右：吉相国、王洪全、金日龙

　　张喜忠和薛林兴、刘临、王振德、时晓钟、江涛、吉相国、王洪全、金日龙等人都在时晓钟所办的免费艺术培训班里学画，原来叫浑江市青少年校外办，这里是孩子们课后的去处。时老师为人热心，来的孩子都收下。晚上跟王先生学习绘画的张喜忠，白天就在这儿。

　　同学中刘临比较活跃，学习之余的暖阳下，喜欢和大家海阔天空地畅谈。他的年纪也大张喜忠不少，张喜忠因故在中专多待了4年，等他考入吉林艺术学院时，刘临已先他毕业，成为艺术学院的老师，不久还当上了副系主任；喜忠毕业时，刘临考入中央美术学院硕士班，然后就留在了北京，并成为了清华美术学院的教授，如今已是著名的工笔画家。他俩都曾师从高润川，算是是兄弟。

　　张喜忠还与大他十几岁的师兄薛林兴成为了好友，两人也都曾师从高润川先生，所以也算是师兄弟。张喜忠回忆说，"薛林兴也是我的老师，每每我有什么问题请教，他都十分认真得对待。我们走得近，我从他那儿学到很多。"薛林兴为人谦虚热忱，和张喜忠的友谊延续至今。现在两人都在北京定居，闲暇的时候，两盏酒，几碟菜，往日的岁月又到了嘴边。

＊薛林兴，仕女画的代表画家，中国当代仕女画开宗之人，巧妙地将西方结构与润色融合到了国画中。

白山市图书馆的阅览室免费开放，张喜忠总去找书看，有一次检索到的书在馆藏库中，只有一本，不能外借，张喜忠去问图书管理员，她说，"这个书别人都不能借，但你可以借。因为我们馆长说，你要的书都给。"原来他去的次数太多，馆长早就知道他了，不仅允许张喜忠借他所有需要的书，而且借阅不限制数量。后来馆长因故离开，张喜忠去还书的时候，管理员告诉他，"你借的书都是馆长签的字，他既然不在了，你就不用还了。"张喜忠最早接触到的国外现代哲学、文学作品就在这些书中，包括《西方文论》、车尔尼雪夫斯基的美学著作、陀思妥耶夫斯基的著作等等。虽然从未真正接触过，但是张喜忠还是经常怀着感激的心情想起这位馆长。

张喜忠小时候的个性与棱角相当突出，难得的是他的家人对此予以了极大的包容。当时中国北方城市家庭的居住环境普遍比较狭小，家中孩子又多，不管多少人都挤在一个炕上睡觉，他们家却特地为他一个人在院中辟出了一个小屋 。小小年龄便有了自己的空间，给了他天马行空的想象发挥的空间，有一次他把红色的颜料涂在脚上，从墙面一直踩到天花板；还有一次，他还不知从哪儿弄来一个头盖骨，摆放在屋内最醒目的位置！

此时的他，早已是遍览群书、勤于思考的少年，他选择的道路，直到现在初心不改。在这个流光溢彩的时代，恪守一些东西要远远难于开拓一些东西，其中甘苦，恐怕只有他一个人知道。

对　话

章砚：

　　你们那会儿的玩伴出了很多人才，像王君瑞、刘临、薛林兴等等。

张喜忠：

　　是的。尽管个人的路不同，我们都选择了绘画。还有一个李兴伟，在白山也是知名画家。他小时候可好玩了，特别老实，家里人不让他单独出门，一次我把他忽悠出来，玩了很久，结果他回家还被父母臭骂一顿。他父母后来看见我，还对我很不满，看来这小子回家把我供出来了。

章砚：

　　听你这么一说，你们那时候应该比我们有趣，在咱们互相交叉的朋友圈里，我记得关系和咱俩最好的就是黄庆吉和王罡了。

张喜忠：

　　庆吉是个乖孩子，到了谁家，往那儿一杵，像个木头，老实到家了。他长得很大方，脸也英俊。

章砚：

　　记得有一次在我家，我们和王罡正在聊天儿，黄庆吉破门而入，你当时戏谑道，"一个方脸大汉挺壮，但是坐着进门了。"大家大笑，因为庆吉个子不高，偏偏浓眉大眼，脸盘方大。

　　对了，今年春节的时候，我和王罡、金昌国（作家）在茶楼喝茶，王罡很神秘地告诉我说："咱小时候的一个哥们如今有出息了。"我问他，"谁？"他说，"张喜忠。"我问他，怎么出息了，他说他在网上看了你在中国美术馆办了个展《我是他者的人质》，很受震撼。于是我当即打通了电话，让你和王罡说几句。

张喜忠：

　　就是第二天我们在一起喝酒那回吧，我很高兴，几十年未见的哥们儿，很不容易。

章砚：

　　对呀，对于一个游子而言，离家久了，满眼都是"笑问客从何处来"，故乡遇故知反而不容易了。现在人冷漠得很，正像网上说的，世界最远的距离，莫过于面对面，你拿一个手机，我拿一个手机，但是你我王罡这份感情不一样，想起来很温暖，值得回味。

王罡后来不画画了，或者说不专业画画了，开始写作，从写作上讲，我们也很志同道合啊。说实话，我是在你这里知道了尼采、弗洛伊德。我记得那时我们常常聚集在你家里，你读你写的文章，听起来那么晦涩，但感觉用词前卫、漂亮。

张喜忠：

我无意之间成了你的启蒙（笑）。

章砚：

我是在你那里知道了什么是超现实，记得在你房间里，你在作画，我和刘勇（诗人）翻看你的美术资料，刘勇翻到一幅作品，是超现实作品，名叫《掀开大海的皮肤……》

张喜忠：

是啊，青葱岁月。

章砚：

那时我们患有信息饥渴症，每次你从长春回到浑江，我们都会聚集到你那里，渴求信息。

张喜忠：

关键是闭塞太久，那个年代谁拥有了信息就好像拥有了资源。有人见过西方作品的信息，就照搬过来，一下子红遍大江南北，现在想来很无耻。关键那会儿没有互联网，信息不畅通，今天许多事情，你想不知道都不行，风一样往你耳朵里贯。

章砚：

写作上，我已经成为你的粉丝了，最近看了你的《哭岛》和《涤忽·于安》这两篇文章，觉得它们是你绘画作品的最好解读。其他还有很多关于你绘画作品的解读，你认为它们准确吗？

张喜忠：

解读这个我不好说，这种情况也存在，我把一部作品呈现出来，也许有人从中发现了我忽略的东西，这些东西不经意在我的笔下一闪，踏雪无痕，却被他捕捉到了。

小贴士1(他人的解读)

信仰是人生的一种态度，是久远于现在文明的人类生命体的特征。喜忠对艺术的理解就体现在这样的态度上，是膜拜的，不可诋毁的，他的作品是不能轻易地就呈现于外的。

"每一次的创作都像一次探险，画面中处处存在陷阱，一不小心就可能掉入其中，我的每一幅作品都很纠结，当它完成之后身心疲惫。"这是我与喜忠聊天的时候他对我讲过的他创作时的状态。他是非常特别的个体，他的内心世界是人们不曾触摸的"岛屿"，他像尼采一样，用最强力的意志书写着他的艺术人生。风雨对他内心的洗礼让这颗心变得从未有的坚韧，他的艺术更像一种武器，可以穿透人的灵魂。

他曾在文章中这样写道，"艺术是人生测量的尺度"，可以看出他把艺术与生命是捆绑在一起的。他的作品呈现大多是来源于他的心里经验，在他的作品里表现出来的是一种神秘的力量，这力量则来自各种宿命与这一特殊的个体所产生的反映。喜忠的作品是要通过几个角度的转换才可能读懂，它不是通常人们的视觉经验所能了解的，他总是守候在那属于他的"岛"上，那里是寂静的孤独、是风雨交加的夜晚、是湛蓝澎湃的大海、是宁静美丽的彩虹。当我们匆匆走过他的世界，不会留给你太多的痕迹，可当你驻足作品面前，他就像锤子敲打了你的心脏一样，从此不再平静。

很多人看到他的作品会问喜忠："你是否遭遇了什么事情？"往往这时候他不知道该如何去解释，他就是用生命去表达这画面的。我能感知到他的内心是多么的敏感，这颗心有的时候会让人窒息。

喜忠的判断非常地准确，他不同的态度与视角得到了更多人所不能够得到的给养。就这样在他的身体中也生长出了不一样的抗体，它可以分解各种侵蚀进来的病毒，而且极有可能把这些杀伤力很强的毒素转化成更有力的攻击手段。这些可能是我在触及他艺术作品中得到的体会。

有很多人认为他的作品是以宗教为题材的，也有人会认为他借用宗教某种关联因素作为画面的手段，这些理解可能都会曲解他作品。很幸运的是我可以有更多时间与他交流，能够最小差距的缩短与艺术家本人艺术主张的距离。了解他的作品必须沿着艺术发展过程中的时间线索来判断在绘画上他实现了怎样可能。继承学院精神是喜忠作品中体现比较清楚的，他采用的手法就是对建构虚拟世界空间中呈现出现实世界的心里真实。作品《蓝翅膀》、《耳语》等我们都能看到他是怎么的手法表达了作品。作品中的形象是厚重的、空间的，仿佛我们可以走进艺术家建构的这个世界。艺术家不仅仅创造了视觉上人们感觉的真实感，更重要的是作品同时给了人们心理上的真实。

喜忠的绘画总会给你一种任何语言都不能诠释的感觉，这种感觉也更像艺术起源，像巫术，它可以把人带到另外的遐想世界。喜忠的艺术作品是与生命、宇宙课题关联的，作品中能够更多地解读到文化的传承，宗教的，哲学的，语言的还有东方的。

我所理解的艺术"就是解开未知世界密码的工具。"它是唯一可能通向另外世界的通路，是关乎于存在、消逝的。喜忠的作品具有这样的品质，他的作品是区别于我们用现在所有知道的逻辑存在，是建立在另外的艺术家独有的秩序中。当他徜徉于自己的世界时，孤独一直伴随，不管你是不是走近抑或是遥远，他都是这样守候在自己的"岛屿"中。

喜忠作品中《穿斗篷的光头少年》表达的是艺术家自己，也是人类生命的共有的某种形态，斗篷就像阻隔你我最近距离接触无法剥离的介质。

作品注释：作品取名为《报喜图》由艺术家张喜忠创作于2008年。

"报喜图"即"豹喜图"从画面的图示形象转换字意谐音为《报喜图》。

从作品的题目理解艺术家表达的有通报喜讯，美好祥和之意。画面的第一感受像名字一样祥和：少年、豹子、喜鹊、月亮，这是多么温馨的画面呀，可是在这宁静的夜里寂静得让人担心，担心这份宁静瞬间地逝去；从心里上感受到是生命的无奈，画家表达的并不是这种祥和的气氛而是祥和之外的危险；少年双手合十寻求的是内心的安静，这静是内心世界的宁静，这安宁在人世中是多么的不容易呀；豹子、喜鹊象征着世间的诱惑和欲望，无论好的还是坏的，人们总是在这许多的内因与外因干扰下进行着生命的进程。

《蓝翅膀》由艺术家张喜中先生创作于2009年。

在埃及有一古老传说人们相信灵魂不死，它会化作飞鸟与我们同在时空中。"生死"是艺术家一直做的课题，也是人生必要经历的过程；当我们离开母体来到这个世界上的时候，每天都在像死亡前进着，这是任何人都不能回避的状态，可是在死亡面前人们感知到的更多时候是恐惧，所以人们尽可能的回避这早晚发生的事情；艺术家在画面中呈现的是今生与来世，蓝色翅膀的鸟是艺术家对死亡的诠释，这里不再有恐惧，是一种美好，是生命的升华；丛恐惧到这美丽多彩的生命转换映射着艺术家的内心感悟，这是需要用多么强大的内心才能这样面对的生命终结。

《阿门》由艺术家张喜中先生创作于2008年。

这幅画面中少年双手合十，五官模糊，他是极力地在寻找到自己内心的安宁；飞翔的雄鹰、奔跑的豹子与狮子象征着这缤纷世界的各种干扰；名利、金钱、美女在浮华的现实社会中是人迷失自我的最大诱因，只有在不看、不听、不闻中能够以清醒的状态面对生命。

《菩提树》由艺术家张喜中先生创作于2009年。

"菩提本无树，明镜亦非台，本来无一物，何处惹尘埃。"是佛教禅宗六祖惠能大师著名的四句偈语，意在说明一切有为法皆如梦幻泡影，教人不要妄想执着，才能明心见性，自证菩提；画面由像风暴一样的"菩提树"和披着斗篷的光头少年组成，我们知道达摩在菩提树下悟道最终形成佛，拯救世间万物，救生灵于水火；画面中由苍蝇组成的风暴转换为"菩提树"，象征着阻碍心性的"魔"也即时外界环境，是世界上所有干扰人性事非。

《如是说》由艺术家张喜中创作于2009年。

有三个进京赶考的书生求高僧指点看他们谁能得中，高僧没有说话，只是举起一个手指指伸向他们，随后三人拜谢离去。高僧一旁的小徒弟见此情形后便忙问师傅："如果师傅算错了怎么办"，高僧说道："我不可能算错"，三个人如果都考中，我所说的就是一起考中；三个人如果都不中，我所说的就是一个都不中；三人中如果要是有两个考中而一个没中，我说的就是一个不中；三人中如果要是一个考中，那么我说就是一人得中。这是一个民间故事，我们可以通过这个故事理解到艺术家在作品中是怎样包罗万象的指这世界的因因果果。

故事继续，高僧的徒弟学会师傅这一招，到处给人算命。师傅得知后断了自己的手指，小和尚非常地后悔，因为自己的过错让师傅如此地生气，于是决定下山离开寺院。就当他走到门口的时候，师傅再一次地叫住他，当小和尚听到师傅的声音转头的瞬间，师傅再次地举起了他被砍断的手指，小和尚如当头棒喝一样突然醒悟。

《花心》由艺术家张喜中先生创作于2008年。

花心即心花。"凤凰涅槃，得以重生"是人在成长中的蜕变过程。在美丽漂亮的画面中依然是从视觉的幻觉中最终走向内心的真实。人生任何时期的升华都是破茧成蝶的过程，不经历阵痛就不会有美好，就不会有重生。

《耳语》由艺术家张喜中创作于2011年。

"耳语"即"私语"一种是别人与你说的悄悄话，不能够让其他人知道的话为私语；一种是人在内心中自己与自己的对话为私语。

鱼、耳朵组成画面，视觉上我们可以得到这样的信息：同样的是当这一视觉图像走进人的心里的时候开始产生了不一样的反映，鱼与耳朵在画面中真实的立体感让人们仿佛走进画面，也是走入自己的内心世界；从人的常识判断鱼应该生活在水中，水与鱼就像人与世界的关系，生命是在这样的环境中生长的；水在空间里形成了巨大的漩涡，漩涡转化成人耳的形状，声音从这漩涡直接走到人的心里，是内心世界连接现实世界的关系；在色彩的转换上同样人们心理造成巨大的冲击，通常心理经验上水就是蓝色的，清澈的，鱼生活在水里自由自在的；蓝色象征单纯、青春活力，而画面中水的色彩变得像泥泞的沼泽，干涸的沙漠，这黄色代表的是沧桑与凄凉；单纯到沧桑、清纯到凄凉这是艺术家的内心走过的历程。

《敲》

雨夜神秘的、诡异的；在雨夜世间发生太多的故事，在雨夜人的情感是最复杂最丰富的；一个人在这样的夜晚敲响空空的世界，敲开人类灵魂的大门。

《悼念大海》

海洋具有生命起源说，大海是生命的发源地，是孕育世界的母体；很多艺术家表达过大海的美丽、澎湃、神秘，而艺术家张喜忠则是把大海抽离出一块来悼念；画中人正是悼念基督的方式手捧大海，其实是艺术家对生命过程中任何一次蜕变历程的悼念，是人生悼念。

《岸边》由艺术家张喜中先生创作于2012年。

人与硕大的蝈蝈一起慢步在岸边，现实世界里我们从未有见过这么大的昆虫，通过图像"蝈蝈"被放大到成千万倍。艺术家认为从不同的角度看问题，世界就会发生根本的改变；从宇宙看世界，人就一粒尘埃，微不足道。从生命的角度看世界，所有的生命都是一样的；视觉上的放大是对"蝈蝈"生命本身的放大，让人们通过视觉再次地进入艺术家在心理产生的作品独特的绘画语言。

《深呼吸》

人的背、鱼的嘴、水的平面形成了深呼吸这幅画面；在这幅作品中艺术家让视觉空间与心理空间形成完美的对照；人世界，水世界、鱼世界，三重世界叠加交错，这种进深是从未有过的。画面中的变化是人自身的变化，从视觉到心理的。

《大鱼》画面中的鱼给人一种神秘感，这种神秘来自"宿命"；

当我们仔细地解读作品的时候可看到鱼鳞其实就是交织的渔网；我们总是携带着各种宿命信息，可是我们无法去解开这密码；生死宿命艺术家用他特有的方式通过这幅作品呈现。

《听和说》

"听说"就是一种接受与表达方式；画面中以变形人的图像体现，人的五官只剩下放大的耳朵，手是正常手势反向的表现，手纹中流淌出鲜红的血；艺术家借用佛教大手印来传达信息；这种转化是非常的复杂，从宗教、哲学、抽离图示；通过图示建立一个人世界，由世界组成画面，再传达出不同的信号，就更有难度；在艺术家的借用形式上就可能有过几个转换，之后形成画面；画面传达到人的视觉再到内心的转换；这幅画面同时也体现了画家自己的人生态度，包括其艺术形态。

《雨中人》，张喜忠创作于2011年。

"雨中人"的姿势是亚当被逐出伊甸园时的姿势，是人们在逃离那世界时的状态；在雨中，象征着在不确定的环境里，人们可能的遭遇，用雨衣作为最后的隔离，可能是保护也可能是隐藏。

《大地牧歌》丛犁杖转换为竖琴，这两种本没有任何关联的事物在艺术家的作品中却以一种诗班的感觉呈现出来；大地是我们生命依赖的根本，在历史的长河中，人类就是以这样的智慧与勤劳走过一段段时空；大地牧歌是艺术家另一种精神的体现，我们丛画面中可能感受到不仅是艺术家聪明的智慧，也能感受到艺术家细腻的情感。

小贴士2(他人的解读)

《阴历七月十五》

"子不语怪力乱神",无从知晓的,又何以言论?然而,出于对死亡的恐惧,又或是对逝者的怀念,人的灵魂在死后被安排了去处,在中国称其为"冥界"。"如果这个世界真的存在",艺术家说,"那七月十五可能是人类最浪漫的想象。那一天,鬼门开启,两个世界有了沟通的可能。"燃烧纸质物什给逝去的人,这种交流方式既神秘又奇妙。

"但是,"他略带惋惜地苦笑着说,"其实没有的。"

《纸马骑士》

希腊文化中,冥界的摆渡者卡隆常骑马巡视人间;在中国,生人祭祀焚烧纸马、纸牛等也由来已久。画面中,卡隆骑马踏入彼岸,纸马却无力负重,陷入泥沼。这种悲剧形象常常出现在张喜忠的画面中,雨衣是庇荫,它也消除了个性,使人物成为所有人类的象征。

《孑孓》

孑:無右臂也;

孓:無左臂也。

蚊子的幼虫形态称为孑孓。孑孓者,失左右臂,而屈伸颠簸。羽化前,翼翅束缚,至挣扎破出。

《雨中行走的人》

雨中的人迈着与被逐出伊甸园时同样的步伐,一件雨衣成为所有的庇护,肉身的遭遇亘古不变。上帝是庇护吗?佛陀是吗?真主是吗?信仰、金钱、权利、家庭、爱情……是吗?

被保留的古典技术:材料的质感、肉体的暖色调和一切物质的坚硬度、冷漠的肌理表情,使庇护的情绪得以在绘画中实现。

《往事》

一幅画在逻辑上是否成立，取决于绘画技术是否能围绕单一的情绪线索串联整张画，此时，想象力的泛滥是危险的。在这张画中主导的就是激昂、悲怆的情绪，即生命的活力，肉体的弹性。

解读图像时，想象力也并非完全可信，一个事物在图像中存在可能只是因其色彩、节奏，处于图像逻辑的世界时，文字语言无法追随、描述的，就交与视觉判断。对绘画而言，图像逻辑的可能性也因此同样受限于视觉的阅读能力。

《红消息》

世俗情感中存在许多精微的集体无意识，比如某个吉兆、某种宿世姻缘、某处颜色的惊醒、某段光阴……当它适于绘画语言时，就有可能成立新的视觉经验的组合。红鱼与日本的鲤鱼旗、中国鲤鱼在视觉上相联，从而激活了人们吉祥来临的直觉。

《谁在看》

这是手持相机的动作，眼睛就是镜头，人只能看到自己所能看到的东西。
艺术家有一幅同类作品——《视觉的局限性》。

《如是说》

人啊…………………………………，如是我说。

断指者，俱胝也。

《敲》

弗朗西斯科·方济各描述，"得救，就是敲门而无人应答的那一刻"。这是在神性的门槛前抽身离去的辉煌一刻。

《肉身时光》

时间是一种经验尺度，只有生命才是时间的指针。画面中张开的手指不就是人生时限吗？从这儿到那儿，就是我们作为肉身的全部，飞豹一闪即逝，如同肉身不过瞬间。

《负伤的亚述》

这是亚述帝国宫殿浮雕《垂死的母狮》的现实版。

小贴士3(他人的解读)

《自渡者的挽歌》

贝多芬说，"人啊，你当自救！"

耶稣在十字架上喊道"上帝，别抛弃我！"。

救赎承担了这个沉重的世界吗？或是，救赎的思想制造了这样的沉重？

弗朗西斯科·方济各描述，"得救，就是敲门而无人应答的那一刻"。这是在神性的门槛前抽身离去的辉煌一刻。

人的肉身就是人的制高点，而生命力是肉身材料的弹性。

虽然二元的思考模型已逝，宗教在此中所能达到的辉煌不再，但翻阅历史时，我们仍能经验到这种生命最为极致的实现。

现在，艺术或许是唯一还有拒绝能力的剑刃，它开辟的是自由。

《自渡者的挽歌》如此般的假设了了这个场景。

激昂壮丽的不是内容，而是绘画性作为大地和海洋而演绎的生命的挽歌。绘画性是决定性的，是投影现实的地标，在此展开的才是自由的可能。一条人船的真实性属于绘画的逻辑，现实可以是象征的，超现实的，"达达"的，隐喻的，自渡是救赎故事中最佳的肉身经验。

《我的风帆》

一幅画的制图技巧要达到与其哲学内涵相映成趣的高度，既需要一个艺术家一生不间断地努力，有时候也需要一点儿运气。

这幅作品堪称艺术家绘画能力和古典精神的巅峰之作，同时具备了多种传统艺术语言所指示的方向：象征主义、超现实主义、表现主义、浪漫主义……但就此认为它传统意义上的作品也不贴切，进一步解读时，却能发现其浓厚的悲剧英雄主义色彩下所掩盖的是绘画逻辑的荒诞。

　　初看画面，色调稳重，人物的肢体和风帆、桅杆搭建成平稳的空间，人脚抵桅杆，手抓纤细的绳索表现出失重的活力，使画面没有凝固在完美的三角结构中；但是，细看却发现场景并非海面船舶之上，而是在实实在在的地面和墙面之间！娴熟的学院派绘画技巧遮掩了矫作而戏剧化的舞台，其虚构的崇高性甚至抵消了情节的无稽，与我们经验相矛盾的描述，也为视觉的即时性所平衡。这也就是立足于当代性的艺术。

　　虚构的真实也是真实，或许因此反而更贴近与现实平行的另一真实，即人们常说的——灵魂的、梦境的、某种意向的和精神的世界，以及形而上学所有领域。但是，游历古典世界后，画面刻意强调的肌理感又把人带回了现实平面，重返至虚无主义的当下。"肌理即是表情"，整张画像一幅素描作品，实际也是写生的，这种写实性可能就是画面即时效果的源起。

　　这是一幅纠结而成的畅快之作，也是画面最终达到的效果逼迫我们感叹——这种意象难以言说。

章砚：

你的作品不同于所谓当代画家，有些人画的东西叫人不知所云，而你却很写实，尽管反而因此显得小众。

张喜忠：

这与小众、大众无关，画家在创作作品时，满脑子装着大众或者小众是画不好的。有些作品注定就不会被大众接受，但一点儿不影响它的历史价值。在大众看来，它一定不如一些行画看得舒服，但它是一个时代在艺术上能达到的高度，这就够了，不必纠结在小众大众的泥沼里不可自拔。

论到写实，我注重我画面的可信度，注重每一个细节，环环相扣。太多的画家不注重细节的衔接了，结果功亏一篑。在绘画中，绝不是你仅仅凭着感觉就可以怎样的，俄罗斯有几个画家和我同龄，功底深厚，往往作一幅作品布局得当、技能娴熟，无论色彩运用，还是光线都不错，但到最后却走样了，比如在勾线处理上，稍稍一偏，就成了装饰的风格，再好的一个立意就差那临门一脚，没能实现突破，呈现一种装饰效果，失去了视觉纪实的力量。一招不慎，满盘皆输。

章砚：

你的文学功底深厚，有人说你的作品呈现某种文学性，是这样吗？

张喜忠：

我不承认这一点，我的作品没有文学性的表达，如果说有，也应该是呈现出一定的戏剧性。我注意纪实性，唯其如此，才会让戏剧性得到充分展现，你不觉得吗？只有纪实性，才有足够的视觉力量，有时一部大片，甚至不如一个纪实性的镜头震撼。我看过这样一部纪录片，是反映伊拉克战争的，那是一场巷战，画面上是一个男人领着一个小男孩在奔跑，边跑边保护着他，一会儿左一会儿右，躲避着飞弹，他甚至把孩子倚到墙角，用身体护住孩子，结果，一枚流弹还是无情地飞来，男孩被打死了，这种无奈与残酷的震撼力，让你无法用语言表达。

章砚：

衣冠楚楚远不如衣衫褴褛令人感动，正像你说的，绘画中写实的链条一脉相承，只要中间的一环断掉，就会失去视觉的力量。

张喜忠：

对，它会消解整个画面的意义，对于绘画而言，没有什么比这更可怕了。

章砚：

你的文字是否是一条进入你的绘画的路径？在《哭岛》中你写道："微观世界的战争已开始，每一肉身都是潜在的战场。在H身上验证了命运从内部摧毁一个人的全部过程。"你的创作好像存在自我搏斗？

张喜忠：

有时是这样，黄岩（策展人、评论家）说我的创作是在"完成对自己的追杀"。但也不全是，绘画是一个很复杂的过程。

章砚：

你还说，"所有的存在都闪烁着神秘的光辉"，我觉得它与你所说的戏剧性具有某种契合。

张喜忠：

当然可以这样想，仁者见仁，智者见智，如果我的作品有一纸说明，它就没有什么意义了。

章砚：

你写道："我们匍匐在事物的表面。人的世界是一场有关深度的幻觉。通过痛苦和变形来展开我们关于深度的测量。伤口愈合后它就回到平面，平滑的表皮。"这是不是你不断创作的动力之一？还有"皮肤围成的边界脆弱不堪，一点儿风吹草动我就瑟瑟发抖，"这是一种生命由内而外或由外而内的脆弱，你是否想通过画笔寻找一种温暖，但是这种寻找过于渺茫，所以你的画面总是那么冷峻？

张喜忠：

这是你的解读，可以这样读，听起来也蛮有趣，一个人思想深处的表达，无论通过画笔或者音乐，总没那样简单，生活总是无法真正让什么东西化繁为简，许多时候这么做了，也无非是一种主观意愿而已。

小贴士4(他人的解读)

灵魂游走的纪念碑仪式
——张喜忠的油画
孙 津

谁都知道，艺术可以用来表达情感，甚至也都认为，不能或没有表达情感的艺术作品算不上好作品。然而问题在于，很难有人能够准确知道艺术家心里想的是什么，所以除了对艺术家本人的专门研究，比如传记、思想、事件考证之类，艺术批评所面对的只能是作品本身，而在这种情况下，就艺术作品表现了什么情感来讲，很可能只是一种仁智之见。因此，艺术批评真正值得说的，应该是艺术作品怎样，或者以什么形态将那些情感表达或表现出来，而不一定是指出某种情感的具体内容。

我认识张喜忠快30年了，可以说时间不短了，但也很难说就知道他在想什么，或者说具有什么样的艺术观。不过，从他近十多年来的油画作品来看，我觉得至少有两个显著的特点是可以说的，而且正是这两个特点将他与其他的画家（及其作品）区别开来，并可能成为他的艺术成就之所在。

其一，张喜忠要表达、表现，或者展现的并不是具体的情感，至少并不是必须具有可以用文字表述的明确内容，而是灵魂的游走形态。因此各种具体的情感内容不仅以这种游走为载体，而且往往就是这种载体的功能生发；其二，这种功能生发使得各种具体的情感具有了一个共同的特质或品格，即思考，而由于张喜忠往往用纪念碑式的艺术风格来表现这种特质或品格，使得思考本身成了灵魂游走必不可缺的仪式。

灵魂的游走必定有其原因，虽很难猜到是什么原因，但肯定是出于对肉体束缚的不满。因此，灵魂能够游走至少需要两个条件，或者说要做到两件事。一个是脱离肉身，也就是灵魂出窍；另一个是游走的方式，这至少是因为缺了肉身载体的灵魂必须找到另一种"代步"的工具。显然，这两点是互为因果又互为表里的，不过如何"代步"显得尤为重要，因为灵魂也许根本就不用"步伐"，甚至没有载体。但是，正因为如此，张喜忠需要为游走的灵魂设计一种形式功能，也就是要使观者能够从"图画"或"图像"中见出灵魂的自为存在。当然，从情感交流来讲，作品还应该使观者也能够和灵魂对话，或者更准确地说是观者也以自己的灵魂与画家那游走的灵魂（也就是作品）相互"洞见"。这不由得使我想到，这种洞见就是但丁《神曲》描写的炼狱里的情况，因为那里都是出了窍的灵魂，所以它们仿佛游走在真空里，并且能够相互洞见，甚至不分彼此。

为了通达灵魂游走的途径，或者说为灵魂的相互洞见提供条件，张喜忠设计了相应的特定场景。一方面，由于灵魂的不可见性，这种场景需要营造不同于肉身活动的气氛，所以张喜忠的作品几乎都在刻意躲避日常光线。其实这种情况历史上就曾有过。比如，如果说作为西方油画之父的乔托在完整的空间和明亮的光线中显突出人的现实生活，那么，过了近两百年之后（也就是文艺复兴的盛期），格列科却刻意躲到托雷多城的废墟里去做画，而且白天都把窗帘拉上，为的就是让灵魂能够找到自己的世界，所以画面也都是些消瘦的形体在幽暗中盘旋腾升。另一方面，由于灵魂必须作为独立的个体行动才能够自由行走，所以张喜忠往往用极亮的聚光来突出个体，就像伦勃朗经常使用的高光那样。但是，张喜忠的聚光并不是用来表现个体特征，更不是个体情感，而是提示灵魂游走可能具有的含义，包括情感本身的提炼抽象。因此，几乎是一种不可避免或替代的选择，由这两方面构成的场景很自然的就显示出纪念碑式的凝练和简约风格，而且仿佛就成了灵魂游走本身的神秘仪式。

其实，任何仪式都具有神秘性，张喜忠作品仪式的神秘特征，在于具体形象和怪诞氛围的统一。在这种仪式中，比较典型的氛围都是以大片深暗的背景烘托出的，于是，作品的"内容"其实就成了仪式中各式各样的道具。这些道具本身很具体，甚至都很写实，但却由各种非逻辑的关系突出了整体氛围的怪诞气息。比如，作品中的胳臂和手都画得很逼真，但关节却是错位的，好像是不相干的断肢被某种魔力驱使着来做反转连接的游戏。在《如是说》这件作品中，一堆手势争先恐后地宣示着自己，使观者很容易联想到佛造像里的千手观音，但主体却被挤压隐退进众手合成的包围圈内，而且全无脸面地缩成一团，于是"说"便作为一种极为夸张的仪式指向了"如是"的神秘性。

神秘并不等于含糊或不确定，所以作为单独的个体，上述所谓的"道具"都以纪念碑的样式坚实凝固。但是，道具本身又就是心理活动，或者说，是出了窍的灵魂的自由形式。或许，为了避免白日的明亮从而使灵魂不至于消散，张喜忠的油画作品主要用两种方式来处理明暗和光线。一种是遮挡起来，比如常见的"道具"就是雨衣，而且都做的像金属铠甲一样坚固笔挺；另一种恰恰相反，是无遮无掩的暴露，把那些"道具"做得咄咄逼人、炫目刺眼，比如骨头做成的船、华丽羽毛的鸟。还有一种介于前述两者之间的方式，就是让形象本身黏黏糊糊，而且摆出一副观者越是恶心它，它就越要贴上来的架势。对此，张喜忠最喜欢使用的"道具"就是鱼，而且都是没有鳞的大鲶鱼。它们瞪着毫无生气的圆眼珠、张着血盆大嘴，把灵魂的不可触摸却又顽固自为的特性径直向观者弥散泛滥过来，甚至让观者感到皮肤过敏。

认真地说，我觉得做到具体形象和怪诞氛围的统一其实很不容易。相对说来，现在很多非传统的或者不写实的画作就缺乏这种统一性，比如或者完全没有具体形象，画面的意思全凭观者自己去猜，或者怪诞的图形（包括具体形象的变体）过于丑陋，完全算不上是"美术"、甚至不忍目睹。

当然，张喜忠画作的这种统一跟他的一些人生观是有联系的。比如，他明确反对群居，认为这是一种胆怯而又丑陋的恶习。不过，并不是所有艺术家都能够找到某种贴切的方式把自己的人生观、价值观，或者什么情感表现出来。因此，关键还在于艺术家的美学修养和艺术天分。我之所以相信张喜忠是在表现灵魂的游走，完全是因为他的作品，而不是他自己的表述（事实上他从不跟我谈他的想法，不管是什么"观"还是什么"情感"）。

的确，艺术本身就是人类的灵魂，不独张喜忠这样，只是他做得更好罢了。如果说，灵魂也有个性，那么这种个性必定不在于个体，否则灵魂就失去了自为的存在，更谈不上出窍来自由游走了。可能正因为如此，张喜忠才创造了相应的仪式，在给游走的灵魂提供途径或"代步"工具的同时，使仪式本身就生发播散出了灵魂游走的要义。在这个意义上讲，尽管张喜忠反对群居，但个体明明就在群中，所以需要防止的应该是群居对个性的泯灭，而不是简单的表现个体。于是，就让灵魂出窍来自由游走。

显然，绘画的样式很适合表现灵魂的游走，因为它可以让人"看见"。同样，为了所看见的并不是肉身个体，所以就弄出各种仪式，而纪念碑风格恰恰与这种仪式的思考功能相一致。在这个层面上讲，罗丹的雕塑《思想者》就显得有点儿小儿科了，因为张喜忠直接让观者一同参与"思想"，所以根本不必有什么能够思考的"者"。不仅如此，从形式上看，就连作品的材质和尺寸也是与思考的要求相匹配的。比如，思考的空间不能太过狭窄，也不能大而无当，所以张喜忠的油画多为230厘米乘180厘米左右的规模；又比如，他的油画更多采用丙烯颜料，以便能够更好地表现灵魂游走的流畅感。

由上所说，无论从形式和内容，还是从观念和创作来讲，张喜忠的油画作品都是浑然天成、不见雕凿的，而具体形象和怪诞氛围的统一尽管具有纪念碑风格的仪式，但灵魂的自由游走真的也处处都显示出"羚羊挂角、无迹可寻"的美学境界。

小贴士5(他人的解读)

狂野的密室

刘 彦

　　喜忠属于极少数能够按着自己内心的表象去建构生命意义的人。他一直奉行内心独立的生活，不惑之年，仍然可以像孩子搭积木时那样，长久地专注于自我的幻象，他在一篇文字里宣称"群居是一种恶习"。

　　我常常觉得把喜忠作为一个通常意义上的艺术家看待，是对于他所持有的艺术观念的曲解。杜尚喜欢周围的朋友们把他看成一个下棋的人，因为那样他觉得更自在。在杜尚看来，艺术是一种病，一种从文明社会传染到他身上的怪病。这种清醒的态度并非源于谦虚或傲慢，而是源于"纯真"，一种像老子那样的智者才具有的纯真。喜忠性情中也葆有类似的"纯真"，他从未加入过那些"抢答"当下艺术界"重大"问题的艺术家们的行列。

　　从大学时代开始，喜忠就一直倾向于哲学性的思考，他写过大量的笔记，甚至尝试以文学的方式梳理头脑中过量分泌的混乱思绪。他对于哲学和宗教等问题的思索不同于学者意义上的研究，其感兴趣的问题与那些曾经对他产生过深远影响的个体经验是相关的。我认为喜忠的生命品质具有修士的特征，外部世界对他的作用十分有限，他更看重来自内心的"印证"。对他而言，内心深处的表象更接近事物的本质，为心灵的密室添砖加瓦，才是真正有意义的事情，值得为之付出长久的耐心，并且动用疯狂的激情。现实主义的态度都可能因外在环境的变化而导致人生的努力归于破产，但对于喜忠，这种风险并不存在，因为他的世界是如叔本华所说"作为意志和表象"而存在的。以上是我们认识三十几年的时间，我对他生活拼图的理解。而他近期的作品，支持并验证了我的推测。在这些作品中，他描述的完全是隐者和修士的内心生活。作品中披着斗篷的主人，其形象就是作者本人。僵硬的斗篷用古代粗厚的帆布缝制，那是隐士们坚强意志的表象，用以抵拒空旷的心灵世界中不断袭来的欲望之狂澜。神秘的使者化身为鱼，张开的鱼嘴显然是禁欲主义者们无力摆脱的魔与戒挣扎和缠绵的通道。巨大的耳朵朝向天空，接听那些来自上界的启示。白色孔雀已经修成正果，羽毛如白色的光芒，沐浴着年轻的修行者并与之和平相处。在许多作品中，隐藏于巨大斗篷中的修士遭遇猎豹和狮子，也邀游鱼群和苍鹰。

喜忠的作品对于生活在今天的人们，或许太过陌生和遥远，不知道能否唤起人们对于古代修士们的内心生活久已模糊的想象；能否提醒我们重拾高僧们的书卷，翻开诵读；或屏息静听方济各会的穷修士们在黑暗和寒风中秘密敲门那惊心动魄的声音。在实用主义横霸世界，人类的内心日益荒漠化的时代，我们有必要去重新领略文艺复兴之前的勇士和精英们为了寻求内心之光亮而经历过的那些难以想象的痛苦和幸福，有必要求助古代的心灵导师，让他们帮助我们找回掩埋在知识下面，干涸的灵魂中的圣泉和玫瑰。

在一幅作品中，喜忠向我们描绘了一个修士用双手奋力抱起一块海浪；而在另一幅作品中，他为我们提供的画面是：鱼群将他托起，悬浮于半空中。这些图像无疑是在喻指心灵生活中那些关键时刻，激狂的灵魂跨越神秘的门槛时所经历的，难以描述的经验。喜忠的生命是否曾经历过那样的时刻？他内心是否有过类似的神秘体验？他用绘画来表象，借修士以喻己，是否是在回忆和纪念？或可能是对遗忘的空白所作的修正？我们如何理解他自己所说的那句话："艺术可以是关于人生的测量技术。"

写于2013年春

小贴士6(他人的解读)

大化无声
——张喜忠油画艺术解析
王长百

我与喜忠初识时，他还是个少年，在朋友中共识的便是其才情。而且，其才华不只在绘画上，更体现在对终极问题的敏锐理解上。

喜忠是一个珍视个人心灵纯净的人，而且，无论环境如何变幻，都丝毫不能改变他对内心之纯净的坚守。

他这种个人的执着坚守，使之始终与环境不能契合，个人的生活也充满了磨难。其才能也一直不能得以施展，我们几乎看不到他的作品。

这批作品以佛典为题，因是作者对自己心灵的自问、自醒，应是其内在的因由。

他拒绝时髦，依旧用严谨平和的学院画风，以便与自己心性相契合。他将书写引入其中，给学院风格以舒展的活力。因其高超的技巧，而产生出一种俊朗的气象，高等的精神气质。

在创作中，他跟随着内心的声音，去表达其独有的生命体验，寻求生命的出路。在创作中，往往要经过反复推敲、涂改，去搜寻只能以图像勉强表达的东西，直找到恰当的表达方式，便一气呵成。

这作品是纯图像的大戏，任何外力的解说都会使之崩毁，图像的不可言说性更与禅思相通。这里一种蒙太奇式的综合图像，一种不可替代的只有图像才能展现的力量。他以图像思维，使图像生出自言的喻意，他的才情也正体现在这里。其作品的戏剧性便来于这里。

他画中经常出现鱼的形象，依我的理解，鱼体现着一种生命本态的冲动。他认为，在生命的本源，无道德指向，无价值判断可言。他认为，生命要在重击下，方可证实它的实在，他对痛苦有着病态的迷恋。他不停地追寻，血迹斑斑，却依旧不息地跋涉。

　　他自幼便有佛缘，结交很多佛家朋友，留下很多神奇的经历与故事。喜忠画佛，也是必然。

　　中国的佛教艺术，一直有着自己的纹脉，喜忠的作品与之相比，便是另类。

　　这是心灵的图像，是其内心对生命不停叩问的印迹。这是他从峰顶走下，进入灵魂最暗的深渊取回的气血。我们看到，经一生的酿化，这气血异化为灵汁、醇酒。

　　　　　　作者为著名艺术家、85新潮北方青年艺术联盟发起人

3.求 学

1980年，东北师范大学当年高考招生，在通化设了一个大考场，学画画的小孩儿都跑去玩儿，张喜忠也稀里糊涂报上了名。

在考试现场主考老师当着所有考生的面对他说，"你明年再考，我们肯定要你。如果没要你，不是你的问题，是我们东北师大的问题。"把少不经事的张喜忠夸得美滋滋的，也因为这场考试，他在整个通化地区名声大噪，还没等回家，消息已经传到白山了。

薛林兴当时已经在东北师范大学上学，就带张喜忠去熟悉一下老师同学，明年接着考。张喜忠在他宿舍画了几张速写、素描，薛林兴的同学都很服气，也是在这个时候，他认识了自己心灵上的两位挚友王长百和路明。

东北师大的美术系主任当时也说，"你明年考，明年肯定收你。"还力劝他不要考中专吉林戏曲学校。但他还是太小了，一进戏校就被学校的富丽堂皇给迷住了，当时东北师大还没改建，画室在一条黑咕隆咚的长廊里，张喜忠心里有了对比，又不愿意再等一年，就报考了戏校。

七月流火的黄昏，和往常一样，张喜忠走在了这条去往王春桐老师家的寂静小巷中。只是这次他不是来上课，而是辞行。

王先生很高兴，他想起许多往事，叮嘱了张喜忠许多话，无外乎出门在外要照顾好自己，努力系统地学习绘画理论，早日学有所成之类。

坐了好久，柔和的月光之中，他与老师话别。

和风微煦，远处虫鸣，一如既往的美丽夏日。小小年纪，在浑江水畔，他已经有了许多难忘的恩师，踱步在这夏夜，他们的名字一一涌涌上心来。再见了，敬爱的老师们！还有从未真正离开过的故土浑江、温柔宽容的父母、姐妹兄弟、熟悉的童年玩伴们，再见了！

来到省城长春，进入戏校，张喜忠开始了新的生活。有个老师见他能力出色，家境却不算好，打算资助他读完大学，还拿来自己所有绘画用品供他使用。即便如此，校园的众多条条框框仍然让他想要逃离。

在戏校时，他学的是舞台美术设计。舞台美术服务于演出，功能性很强，绘制上有一套特有的程式，比如暗部的色彩必须由赭石和群青调和而成……张喜忠的性格自然无法受制于这些规则，他的画在那个时期有点像高更、塞尚笔下的印象派，老师难以接受这种风格，因此很少判他的作业及格。不过同学们反而很喜欢他的作品，甚至用两张换他一张，张喜忠就拿换来的画儿交作业。值得一提的是当时的学习委员很照顾他，常常捡别的同学扔掉的作业改几笔拿来给他应付作业。

不喜欢细致的工笔画，也不愿意按照舞台美术的规矩着色，所以张喜忠常年旷课，严格说起来，他在东北师大和省图书馆待的时间要远多于戏校。

从1982年开始，张喜忠和他朋友们的艺术沙龙便散漫地存在着。绘画、展览、读书、思考，长春高校逐渐形成以路明、王长百和张喜忠三人为核心的精英团体，他们来自各个专业：艺术、文学、诗歌、哲学、基因技术、物理、数学……人才济济，非常活跃。对这些年轻人来说，新鲜的思想才是他们热切渴望的。他们通过各种渠道弄来当代哲学、艺术的书，互相传借，其中就有弗洛伊德、尼采、萨特、加缪、卡夫卡……这些在市面上极为罕见的读本，书籍中携带的理念让他们的想法发生了天翻地覆的变化。张喜忠最喜欢的是尼采，挑灯夜读之余，他还手抄了几本。

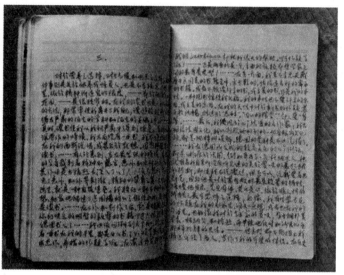

张喜忠对绘画失去了兴趣，更准确地说，他发现了比绘画更有趣的事。在省图书馆的科技信息检索室，他在东北师大几位理科高材生的怂恿下研究起了武器、药物技术；在长春的各个角落，他又和王长百、路明谈论哲学、组织艺术运动，这三人最终成为了引领东北地区当代艺术运动，包括"85新潮"艺术运动的先锋。1984年三人联合创立了最早的当代艺术团体之一"中国北方青年艺术家联盟"，并于次年举办了他们的首届艺术大展——《北方道路》。

1989年期间摄影，从右至左：张喜忠、王长百、黄岩

　　喜欢读书，乐于凝思，他对绘画的要求也越来越极端。他需要的是使自己"满意"，而这份"满意"又极为苛刻，一张画布上可能已经有了十几张已经完成的作品，却因为他的"不满意"而被抹掉重来。绘画于他，渐渐变成一种苦修。

小贴士7(他人的解读)

这不是秘密

——瞧这个屠神者

黄 岩

　　张喜忠没有秘密，他首先是一个屠神者，他既是问题的制造者，又是问题的终结者；他既是天使长，又是绽放日本武士的美学，在他者与自在之间进行精神拷问是他的变相法门，他不想打开人类精神历史"意识流"的一道道大门。他来到这个世界的唯一理由就是扮演艺术英雄绝杀那个高高在上的神，张喜忠来到人世间被迫绝地反击，就是追杀他自己，张喜忠选择绘画和杜桑选择小便器的动机是一样的，画布上颜料的呈现就如圣经编织上帝的那一束光。他制造了人类精神演绎的章回体，"自传式绘画和画风"，这是一个自我封闭的绘画哲学系统，心像对世界的关照及反应，这是肉身不同承载的话题，绘画和言说一样都那样简单、直截了当。

　　张喜忠通过绘画叙事打开一道大门，又随即将它关上，他在绘画中不受时空的限制，想跟你讨论什么就讨论什么，他制造的"绘画叙事影像哲学密码"必须由他本人才能打开，这是"精神绘画""生命绘画"的连环计，一环套一环，因而张喜忠作为艺术英雄的刀客面目，他是一个屠神者，追杀"诛神"是他的宿命。

　　当1985年他隐藏在中国"85新潮美术"运动中，中国长春"北方道路"艺术群体中，他是一个道德的"隐者"，他选择绘画在超现实主义语境中对生命发难，无视周围战友的艺术聒噪，尼采的肉身与基督的肉身、上帝的肉身是一样的，语言的边界与肉身的边界是一样的，张喜忠从二十世纪八十年代至今只用绘画，又是"叙事绘画"和这个世界对话、下棋，他和二十世纪的另一个问题的制造者杜桑最大的不同在于杜桑的下棋还有他者，张喜忠只跟自己下棋，他的"行动叙事绘画""行动哲学绘画""行动绘画章回画本"的男一号永远都是他自己，他诛的神也是他自己，"自在英雄"绝杀"信仰天神"，他在中国美术馆7月18日的"章回信仰绘画"拉开了人类精神病史排行榜的大幕，这不是秘密……

2015年6月22日于北京优士阁

小贴士8(他人的解读)

生命在于对未知世界的迷恋

迟首飞

生命在于对未知世界的迷恋，我一直这样理解着我们活着的意义。人类社会是在认知世界与自我认识的过程中延续，看到喜中的作品，第一感觉这画面承载的是心路的历程，宁静的、智慧的、阴暗的、光明的。

在今天，有太多的人迷失在世界的某一角落，他们期待着救赎、期待着方向、期盼着力量。喜忠的作品中就传递这样的信息，让最深刻的理解，最有效的表达来关心着世界。他的作品充满了力量，神秘的力量。

这个社会变得从未有的浮躁，人们更愿意生活在自己编织的谎言里，自信的、傲慢的，但我相信这一切并不是真实的。喜忠的作品能让人们有更多的思考，不确定性的理解，他愿意这样让人们欣赏他的艺术。每个人都能通过喜忠的作品看到他自己所能感受的那一面，这是作品存在的理由。

喜忠的作品中能更多的解读到文化的传承，宗教的、哲学的、语言的，今天他的作品变得如此的多彩、神秘，一定是他的虔诚给予了这一切。他的作品是更深度地挖掘了人的内心世界，他一直在探索一种可能性，而这种探索精神是艺术家最需要具备的素质。

今天有太多的人已经忘记了如何要求自己，更多时候是向这个世界、社会要求的太多。而喜忠的作品中所想、所做，所体现的是那么的多，那么的厚重。

真正的艺术作品就是这样的。

2012.5

小贴士9(他人的解读)

如果你曾经花过一点儿时间，不多，就一个小时，细读过任何一本历史逾越三百年的经典的话，那么，你或许能用这一个小时从张喜忠的画中看出点崇高来，继而不否认"伟大的画家"适宜描述他。大艺术家的时代过去了，在"人人都能成名15分钟"的现在，这么形容一个"艺术家"或许有些讽刺。但就像开始说的，要是你和我一样，对现代社会里泛滥的名利关系和伤情的叙事习惯感到疲倦，愿意放下笔记本、手机、相机——任何能接触到这些滥觞的渠道，花上整整一个小时，读一本和叙利亚、马航、雾霾……一点儿关系也没有的三百多年以前的书的话，那么你或许能理解这种怀旧，或许也暗暗希望一种美好的过去的假象会取代现在仿佛失重般的浮沉。是的，这个看似斑斓、看似前行的世界却让我们都漂浮在空中。人怎么能够活在幻想中呢？但人怎能不在幻想中存活呢？只有过去坚如磐石，却又如女娲补天之石，我们只能从远古的歌谣中读道："回到过去吧！回到过去吧！"反复诵唱的歌带我们回到家乡。如果只看画面的话，形象不是完全控制了你的判断力吗？那掩饰的躯体和神情岂不让你以为阴沉？那沉静的墨绿岂不让你以为池沼？绷紧肉体上的青筋，或许是挣扎？一个人静静站立在画前默然，心中突然渴望——回到静止吧！想象一片海，突然停顿，连水滴都蜷在浪角停止，或者想象满目都是细沙般怀旧的像素点，颜色像深秋的落叶泛黄……想象时间停止。为什么要奔跑？我们所记得的，等到世界末日或者死亡降临那一天，难道不是一个个停滞的画面吗？难道那不就是随终结落入水土的永恒吗？！所以，你过来。站在我的旁边。来看这幅画。在这个瞬间，我们回到同一个空间。

对　话

章砚：

王长百是一个很有思想的人，在艺术上很有见地，我看过王长百对你的评论，他说你是一个心地纯净的人，无论外部的事情怎样变化，都改变不了你对内心的坚守。

张喜忠：

毕竟他对我比较了解。

章砚：

我看过许多对你的评论，每个人的角度和说法以及对你的作品理解都不尽相同。

张喜忠：

建议你看一下路明的评论。在戏校读书的时候，我和路明就开始来往，相处得很好，现在他在东北师范大学艺术学院做副院长，是个高人。

章砚：

八十年代后，你到长春求学，你身边似乎就形成了一个类似于艺术沙龙的圈子，我觉得它就是后来的北方青年艺术联盟的前身。

张喜忠：

可以这样说。

一些想法那会儿就开始萌芽了，长春的几大高校，那阵子我们轮流转，每所高校里都有一些志同道合的朋友，大家畅谈、交流，很开心。

章砚：

八五那次画展的确在你艺术生活中十分重要，这个我想以后再详聊。

现在我想知道的是，那会儿对你冲击最大的是西方艺术和西方哲学，但从你的作品上看，却充满了传统的底色，看上去你无法剪断传统的脐带，我认为你在某种程度上拒绝西化。

张喜忠：

艺术不分国界。

国际化实际上就是一个伪命题，东西方艺术是两个不可重叠的系统。有人荒唐地推崇美国，认为美国是艺术的风向标，是国际化的代表，其实这是误读，美国无非是一个部落文明的放大，无非是一部西部开拓者的传奇。欧洲也不是，它无非是城邦文化的放大而已。我很欣赏"南辕北辙"这个典故，离开了我们自己，离开了你脚下的土地，你就是无源之水、无本之木，我们还应寻找自己的东西。当然，在你家遗失的东西，你总不能到他人的院子里去找，他人只能给你提供借鉴和寻找的方法。

章砚：

其实现在很多所谓走当代道路的画家，包括当代水墨，在画布或者宣纸上涂些不知所云的符号，对此我似乎无法理解，我觉得这类人一是有病，二是哗众取宠。当然，他们的病不是精神病，精神病有时还真可以创造出无与伦比的艺术，比如凡·高。我最早读凡·高传记《渴望生活》还是在你那里借的，那是1984年的事情，太久远了。

张喜忠：

其实凡·高算不上精神病，我见过精神病的画家，那是真正的天马行空，真正的率性，真正地放纵。但看凡·高作品，我觉得理性层面更多一些，你看他的画面排列，笔触，色彩关系的递进，不停地旋转，即便正常人，如果心态不平和，都无法做到这一点。那种严谨和理性，绝对无法想象是一个精神病人能做到的。

我专门研究过凡·高的生存状态，他和大家想象的并不一样，他的生活似乎也不窘迫。我为他算过一笔账，他每月生活费很高，生活在现在也很不错。他用的画料，在当时候绝对是最好的，他从不节省颜料，不差钱，是画家里的贵族。之所以时不时捉襟见肘，就是太能胡造了，还养活一个妓女和她的一家子。现在又有了不同的说法，在凡□高生活的小区，他中枪那天有一个档案，这个小区内有一个孩子，拿左轮手枪击伤过一个人，与凡·高中枪结合到一起，有人这样推论，是孩子玩枪走火，误伤了凡·高。凡·高是一个很善良的人，如果报案，小孩就会受到追究，所以他选择了沉默，他只是没有想到后果会是生命的代价，据说他受伤的位置也不可能出自于自杀的动机。还有一个疑点就是那个医生故意拖延了救治时间。不过，他一时冲动自杀也有可能，因为弟弟提奥给他写来一封信，大意是说，我把你侄儿的奶粉钱都给你了，你还天天胡造。凡·高对此很愧疚。

1984年夏天，张喜忠从戏校毕业了，就在毕业这一年，他在长春参与组建了中国北方青年艺术家联盟。当时的张喜忠并不知道，他和几个哥们的举动，将是"八五"思潮的前奏，而这次思潮将影响整个中国的艺术状况。

"八五"思潮的兴起是自然而然的事，这群年轻人野心勃勃，目空一切，迫切渴望建立自己的规则。王长百、路明在其中算是一明一暗的领军人物，他们俩和张喜忠是这个群体最核心的人物，共同创建北方青年艺术家联盟之后，举办了当时最早的非官方当代艺术展。

　　"八五"思潮之时，真可谓风云际会，即便过去这么多年也叫人津津乐道。所以人们谈及张喜忠及其创作时，总绕不开"八五"，三十年后，张喜忠的作品在中国美术馆展出时，人们面对闯入他们视野的张喜忠，想到的还是"八五"。尽管张喜忠对"八五"一直不太认可，但他无法回避自己与它的关系。其实，许多和"八五"搭不上边儿的人，反而乐意拿它说事，毕竟对艺术圈内的人而言，"八五"是一种资历，也是一面旗帜，是中国当代艺术运动先锋的标志。但是，对于习惯了特立独行的张喜忠来说，这些事情太不重要了，他不仅不需要它的粉饰，甚至常常对此露出不屑。

对　话

章砚：

有人说"八五"思潮对思想启蒙性的含义更大，作为"八五"新潮重要的参与者，你怎样看？

张喜忠：

说它具有启蒙，也有一定道理，但总体来看，它弊大利小。

章砚：

为什么这样说，关于"八五"我看过许多人的论述，总体上给人的印象似乎是具有"打开窗户"的意义？

张喜忠：

我身在其中时，没觉得什么特殊性，现在回忆起来，它也没那么美好，其实在那段时间出现的东西，我刚进戏校时就有所接触，后来只是移花接木。如今想想，这些东西已经不可避免地打上了"山寨"的烙印，如超现实主义，表现主义等等。那时不像今天信息这么畅达，信息量仍旧处于十分受限的状态，这就导致这样一个状况，哪个画家手头国外艺术资料多一些，他就受那些资料的影响大，总之，独创的少。缺乏参照与比较时，人们还总以为是那位画家本人的独创。

章砚：

这种情况在文学上也存在，那会儿我记得一位东北作家照抄加缪的《局外人》，很无耻，居然还招摇过市，简直是皇帝的新衣。但个别人即便有小孩的慧眼，也不敢或者不便说破。后来《百年孤独》等名著也不断被这些人们照抄与模仿，诡异的是这些家伙居然还登堂入室，大模大样坐上某些交椅。

张喜忠：

其实，对绘画的负面影响更大。假如当时有一股艺术力量，不照搬西方，不拘泥于传流，不囿于官方，而是走出一条崭新的道路，"八五"绝对是一个好的契机。遗憾的是，具有建设性的一切都没有产生，"八五"失去了这次良机，并直接导致了今天艺术格局的混乱无序。比如所谓当代艺术，它其实是一个不折不扣的伪命题，甚至比官方文化还无聊。至少，官方文化有一个门槛，它有一个尺度，吃官饭的艺术家至少有一个扎实的功底，太拙劣的会被拒之门外。而"八五"之后一些人，以打破传统为借口，鱼目混珠，良莠不齐，弄得这片林子什么鸟都飞进来。总之，它的低门槛，直接导致了极坏的后果，影响恶劣，这是"八五"的一个遗憾。那会儿有意思的是，无论是谁，只要他思维活跃一些，大胆照抄一些，就成为他的资源，而且被无限放大，弄得当事人都飘然若仙。这种现象在过去如果说还有一丝丝解放思想的作用，那今天这个信息畅通的年代，居然还在有人胆敢大量使用这种拙劣的方法，面对无秘密可言的时代，居然还在掩耳盗铃，这是戏弄大众，还是愚弄自己？

章砚：

你认为"八五"没能有效地使绘画真正实现一次华丽转身，那你能不能进一步谈谈它的症结所在？

张喜忠：

主要就是认识与做法的问题，它没能很好地寻找一个有力的支点。比如过于迷恋西方，西方毕竟是人家的事，与我们脚下这片热土没有本质上的关联。东西方文化的语境不同，在西方独特的背景下发生的事情，移植过来肯定不对。有的人使用可笑的加减法，认为西方加点传统就是东西方结合了，就是发展传统了，这种衔接差之毫厘，谬以千里。

这个问题前人也犯过，"八五"及以后只是在抄袭上更变本加厉了。早年比如林风眠、赵无极、吴冠中，作品中弄一些西方的影子，再加一些传统的笔墨，就像酒水勾兑，技法看似有所突破，但骨子里没变化，文化基因上也没有继承，做不到让中国文化浴火重生。我们现在看一些国产电影大片儿，一些导演也是这样，在片中加几个洋人，几种洋景，就以为是国际化了，到头来，这样的拼盘反而深深伤害了自身文化。

章砚：

偏偏有许多人为之鼓掌、叫好，盲目推崇，盲目跟风。

张喜忠：

所以我认为一个有良知的艺术家，要有一种精神洁癖，保护好自己的心态，保护自己的那点儿东西。

章砚：

你们成立北方青年艺术联盟之后，做过一些具有标志性的举措，它们在某种程度上，超越了艺术沙龙，也成为"八五"新潮中浓墨重彩的一笔。

张喜忠：

浓墨重彩说不上，和沙龙一样，这些做法也是水至渠成的产物。1985年我们在长春市艺术中学办过一次画展——"北方道路"展，当时参展的画家就有五六十人之多，在长春青年艺术群体中反响很大，形成了非常热烈的艺术氛围 。这个展览是吉林省有史以来第一次非官方举办的画展，而且是参与人数最多的展览。

1985年，"北方道路"展览，张喜忠参展作品《姥姥们和奶奶们的鼻烟壶的魅力》，布面油彩，50x50cm。

　　89的"北方青年艺术大展"算是"八五"的有机延续。我们当时还自己印刷过一本小册子《北方道路》，是通过复印印刷的，在里面发布我们的宣言，介绍参展的画家，做得很完整。画家作品各异，每个人都有自己的面貌，"八五"新潮是后来的总结，我们当时实在没有感觉，也没当回事，我们不过是按自己的方式认真地做自己的事而已。

4.工 作

1984年，张喜忠从吉林戏曲学校舞美设计专业毕业后接受国家分配，到当时通化地区行署所在地通化市工作。通化市距浑江市大约50公里，浑江市也在通化地区序列之内。缓缓的浑江从张喜忠家乡流来，横穿通化市区，把这座山城分为江南江北，江的北岸是玉皇山，那儿的玉皇庙已有近百年历史，香火旺盛。论风光与繁华，通化要远远超过浑江，但留在通化人生地不熟，回家也不方便，最关键的是没有什么发展空间，所以张喜忠决定回家。

王春桐当时在浑江市计划生育委员会宣传站担任站长，他就把张喜忠调到了自己单位。只是让他始料不及的是，张喜忠根本无法适应一份固定职业所带来的束缚。

在宣传站画板报和报刊插图这种工作，对绘画功底深厚的张喜忠而言实在是太简单了，之前这个岗位的人需要将近一个月的时间才能完成的事儿，他两三天就能完成。 涉世不深的张喜忠天真地认为，工作忙完了，时间自然由我支配，他与王春桐约定过后，果然开始做自己的事情。宣传站毕竟是政府部门，在这里人们不能破坏规矩，不能过于自由，张喜忠很快成为了同事眼中的"另类"，而他高效率的工作反而让之前的同事感到难堪。

张喜忠并不关心工作中的流言蜚语，他有自己的一个世界，即使这个世界比现实世界更劳心劳形，他却甘愿为其做一个苦行僧。

这段时间，他还应朋友刘勇之约，为《浑江文史资料》设计封面。

刘勇是位诗人，在省内文坛很有威望。他从通化财贸学校调到浑江市政协文史办公室工作时，浑江已经升格为地级市，即原通化地区一分为二，分别为通化市与浑江市，浑江市下辖八道江区、三岔子区，临江区以及长白、靖宇、抚松三县，今天的浑江人还习惯称外埠为"三区三县"。刘勇编辑的《浑江文史资料》创刊号以浑江早年间的大刀会为主题，张喜忠的封面设计无意间为家乡浑江第一次留下了自己的绘画烙印。当然这不是一次创作，不过作为青年文友之间的一次"雅趣"。其实任何一个艺术家都无法坐在自己的画室书斋中独善其身，适当适时地交往，"渡人渡己"，若干年后，当张喜忠闭门研究自己独特的绘画语言之际，一位佛教界的朋友认真地劝他说：有时不妨顺应世间，以结善缘。

那时太封闭，打一个电话都是一件奢侈的事情，朋友之间隔地交流最常用是书信。外界信息艰难漂来，未免有滞后的遗憾，所谓"家书早到犹半年，今日方知去年事。"这种滞后，还有工作上越来越多的龃龉，让他终于决定"出走"。

旧时的好友周连德帮忙把他的工作调到了通化矿务局文工团。通化矿务局是知名的国企，它的负责人是地级干部，这类国企五脏俱全，公安、学校、医院，应有尽有。但是文工团里，只有两个国家干部，团长和张喜忠，即便副团长也是工人编制。所以一到文工团，干部在籍的张喜忠吸引了全团几十号人的羡慕眼神儿，他们觉得这个小孩儿不简单，小小年纪居然也是干部。其实，单纯的张喜忠并不知道，体制内的模式是一样的，他在计生委宣传站遇到的情况，在这里一样存在。

对 话

章砚：

你在文工团的主要工作是什么？

张喜忠：

舞台布景，有时事情很多也很忙，不过这些工作我还是很快就会完成，完成之后我自然会去忙我的事情。和在宣传站一样，我又犯了忌讳，又开始被领导一次次谈话，直到关系弄得很僵。

章砚：

可以想象。

这样一来，你在文工团开始艰难度日，你还想过再换一份工作吗？

张喜忠：

这时我开始明白，类似工作已经不适合我了，我也不想在浑江市再找什么工作。我的一位老师——吉林画院的许孝诗先生帮我运作，争取把我调到长春，这当然是我求之不得的事情，当时我的作品在长春圈子内比较受认可，所以我开始频繁地往返浑江与长春两地。

章砚：

你的举动在当时实在太个性了，家人也为你受到了一定的压力吧，会有人认为你好高骛远。

张喜忠：

是这样，也有不少亲友劝我，但我去意已决。

章砚：

但是你放弃了调转工作去长春任教，而是决定参加高考，还是很需要勇气的。

张喜忠：

我的绘画水平可以当老师，但是王长百说调转工作可能十分麻烦，不如高考，考回长春一起玩。我觉得这是一个好主意，便回单位提出参加高考，但是单位死活不同意，甚至连档案也不给我，直到今天我的档案还应该在他们的档案室里。没有档案，我就辞职。

章砚：

一个国家干部放弃工作，在当时绝对是逆天的大事，对此你是否纠结过？

张喜忠：

在工作的过程中，我的确很纠结，但选择辞职，我倒有点义无反顾，不就一份工作嘛，辞了就辞了，与其他事情相比，它太微不足道了。

5.大学

不到一年时间，张喜忠就正式向文工团递交辞呈。在连一个工人的招工名额都弥足珍贵的当时，张喜忠居然放弃干部身份的"金饭碗"，这在当地引起了不小的轰动。

辞职后，档案被无端扣留，他以什么身份参加高考是一个问题。通化矿务局高中的几位朋友热情告诉张喜忠，他可以到高中复习并且以应届生的名义报考，只是那几年工龄作废了。只要能报上名，已是万幸，志在远方的张喜忠对其他事情已不在意。

此前，许孝诗曾向吉林艺术学院推荐过张喜忠，当时艺术学院有意将张喜忠调过来工作，但涉及两地人事关系，迁移较为复杂，才一直搁浅。高润川去函向院长胡梯林推荐张喜忠入学时，胡梯林十分高兴，不论文化课成绩，绝对录取。院长的复信，不啻一颗定心丸，张喜忠也就不再多作考虑，选择了吉林艺术学院。之后在艺术学院四年发生的种种，如果没有这位院长的支持，他也将难以安渡。

之后参加艺术学院的考试时，张喜忠的名声已经传入长春，在考场上关注他的人也不少，主考老师之一正是同年玩伴刘临，另一老师贾涤非对他也非常关照。

美术生参加高考分两步：先是专业课考试，通过后，才能参加文化课考试。

在专业课考试中，张喜忠报考了五所高校的雕塑专业：中央美术学院、中央工艺美院（现在的清华美术学院）、鲁迅美术学院、东北师范大学美术系、吉林艺术学院等，均在意料之中顺利通过。其中中央美术学院本来计划不在吉林省招生，但是张喜忠交上去的习作让中央美术学院专门发了一张准考证给他，主考官钱绍武特意告诉他，"因为你的那张习作是大师水平的。"只是当时高考只有第一志愿有效，艺术考生专业课过了，文化课的分数线还是未知数，所以艺术学院成了张喜忠唯一的选择。

那个时代的高考是一座独木桥，过桥者寥寥无几，张喜忠考上大学改变了白山所有人对他的看法。

十几年后，张喜忠坐在北京家中，写下过这样的文字，似乎在感怀往日岁月：

> "见不到阳光，天是亮的，远处有学子声传来，进到亮处，生活在那里。"

> "一个新的开始，明天，也就是说我应该迟钝一些，木一些、有遗忘症，一个新的我和我有什么相干，其实那就是成为它者。投降和反抗都不是可取的状态，这两者都是失态。"

张喜忠没有失态，他没有投降，也没有反抗，而是选择了转身。其实他转身的弧度很理性，之后在绘画上的不断突破即是证明。

1986年秋天，从戏校毕业两年之后，张喜忠又一次回到了长春。

张喜忠进入了吉林艺术学院的美术系雕塑专业，刚入学时，系里将新入学的学员组织在一起，进行一天写生，作品实行无记名，中午休息前，一位老师拿着一幅学生作品对全系新生说："这幅作品太好了，你们在四年毕业之后能达到这样的水平就可以了。"那幅写生作品就是出自张喜忠。

但此时张喜忠却开始懊悔自己的选择。第一天他就发现雕塑系的六位老师全都是从别的专业临时调过来的，没有雕塑艺术的专业素养，甚至连为师的素养都没有，这让他非常失望。

不仅不能提供专业训练，艺术学院的老师还常常无故刁难他。大学四年间，系里居然每年都至少提名开除他一次。有一个老师每天专门到美术系点名，只点张喜忠一个，点完就回去。还有一位系主任是许孝诗的好友，许孝诗曾特意托她关照一下张喜忠，结果她对张喜忠的态度简直就是"除之而后快"。那几年系主任轮番上阵，只有一个和他还算相安无事。因为他儿子与张喜忠同班，两人关系很好，如果有什么事，他都会替张喜忠说说情。有一天，这位系主任对他儿子说："你别为张喜忠瞎操心，他就是有一天掉到泥沟里照样会翻身。"听到这种话，张喜忠更是哭笑不得。

一方面，视他为眼中钉的人不少；另一方面，学生和老师中对他服气的人也不少，每次开除提名后，总有人出面化解，艺术学院的院长胡梯林也在其中。

在服气和刁难中，张喜忠的大学生涯真叫人啼笑皆非。比如他每科分数给得很高，早就超出奖学金标准，却又拿不到奖学金。艺术学生的作业如果出色的话，会被留校并得到5元奖金（当时的学生一个月生活费也不过30元），张喜忠每张绘画作业都留校，但从来没接到过通知，更别提奖金了。一位系主任很欣赏他的毕业论文，给了优秀奖，但是却又对他毕业分配的事情百般阻挠。

张喜忠在艺术学院期间，长春的艺术风格追崇唯美和装饰感。这种风格在中国长久占据统治地位，形成了一种特有的文化现象。在这种作品中，艺术家处于"失语"的状态，导致画面空无一物，只剩下装饰性的色彩和形状。而这种"失语"状态延续的时间如此之长，对艺术圈的影响如此深刻，直至今天，也未曾消失。显而易见的就是这种装饰绘画不仅贯穿了诸如吴冠中这种艺术家的一生，也引发了后人层出不穷的模仿和复制。

人在一定程度上是被他所在的文化制造的，但对艺术家而言，只有不断反抗，甚至放弃这个现有文化所制造的自己，才能获得新生。张喜忠时隔30年在中国美术馆所举办的个人展览《我是他者的人质——张喜忠油画展》也表达了这个意愿：人无法脱离周围的一切真空存在，但正是在这种脱离的挣扎中形成了个体的独特性。对艺术而言，要做的就是不断绕开、绕开，直到发现一种全新的艺术语言。

对 话

章砚：

我的印象中，读书是你生活中最为重要的一个内容。从你的经历来看，似乎许多时候你都是逆水行舟，不断打破生活常态，甚至有时让自己陷于一种孤立无援的境地，是不是书本给了你智慧与勇气？

张喜忠：

从小到大，我一直以读书为乐。每到一个地方，我最先去的一定是书店。即使后来我做了一段时间企业，还是没有改变这个习惯。那会儿经常出差谈业务，我的旅行箱里总会放上一本哲学书，甚至在别人喝茶聊天或者看电视的时候，我也在看书。任何东西也取代不了读书带给人的踏实与厚重，无论世界怎样喧嚣，心里总得有一个地方容得下书本。

章砚：

我从来不问你的具体作品在创作时怎样思考和设计以及想要表现什么，我觉得一幅作品完成之后要交给他人来解读。但是，我还忍不住要问一下《乡愁》这幅画想要表现什么？因为我太喜爱它了，它的画面让我震撼。它让我想到一句唐诗：日暮乡关何处是，芳草萋萋鹦鹉洲。

张喜忠：

我想表现的就是"找不到"。

我们心中的故乡，我们永远也回不去。说白了，乡愁就是无能回归。比如亚当、夏娃，他们一旦被逐出伊甸园，无论他们拥有怎样美丽的记忆，无论付出如何之大的努力，穷其一生，也无法再度返回……

乡愁这个主题，它是没有结果的东西。乡愁与家乡没关系，它是人类的某种缺失，人类缺失是一个常态，一旦没有了，就无法回头，它让人奢望而不可得。如果勉强还原到具体上，就是时光，它让人伤感，如果没有时光，等待或许都会有结果，恰恰有了时光（时间），人类才往往愈加失望、失落。

乡愁是种永恒的东西。

章砚：

我看过许多与乡愁有关的画面，但你的《乡愁》让我沉重，我认为你整个创作的过程，其实也是一种寻找，这种寻找又往往很难，似乎永远在路上。

张喜忠：

对。基督教中有一个圣方济各，他跟国王去打仗，想实现骑士的梦想。后来他被俘了，开始反思，他觉得自己错了，应该追随上帝，而不是国王。回到家里后，他散尽家财，与家人断绝关系，身穿麻袋，腰系草绳，去弘扬基督精神。很快，他的势力壮大了，有了一种"为王"的感觉，但这又让他困惑了，他开始追问：上帝到底在哪儿？最后他领悟出来，基督教的核心就是痛苦，他发现自己在怀疑主的时候，才觉得自己是真正的基督徒。他说，"得救，就是敲门而无人应答的那一刻"。他被誉为"圣"，他的许多观念至今仍被传扬，比如绿色环保、和平等等……在某种程度上，圣方济各一直在感染着我，他的困惑，他的追逐，他的感悟，时时敲打着我的心。

章砚：

我记得你有一幅作品，名叫《敲》，画的是阴雨之夜，一个身着雨衣人在敲一道门。

张喜忠：

对，他说你得救是在敲不开门的一刹那。一旦敲开，你会得到面包和温暖，上帝就是形而下的；只有敲不开，上帝才在那里。从现实的角度来说，敲不开门的时候，才是你真正需要上帝的时刻；门一旦开了，你往往就不需要上帝了，上帝也就不在了。"为使上帝永远同在，门千万不要打开"，我特别欣赏这一块。

乡愁也是，因为这种缺失永远在，乡愁才凄婉而美丽。恰恰因为我们无法找到回乡之路，所以乡愁才在。

宗教在形而上的设立，出自人类的需求，如果没有这一块思想，欧洲的生活就太糟了，光剩下所谓的物质了。有人说欧洲中世纪过于黑暗，其实从另一个角度上看，那个时期的人们也很幸福，因为那时候上帝还在。

佛教有一个小故事说，一次佛陀带着一群弟子，来到一个地方，佛陀感慨道，这里太适合建一座寺庙。这时一个弟子马上把一把草插到地上，大声说：建庙毕！多纯粹，多感人！佛教中这种智慧的故事不胜枚举，有一个高僧，一次对弟子说，我一直在讲有声之法，你们听过无声之法吗？弟子们摇头，高僧就开始打坐，然后就圆寂了，他用生命给弟子诠释了无声之法。

章砚：

很感人！

你的作品与禅宗有很大关联，比如《如是说》在内的一系列作品（《我是他者的人质》参展作品），主要创作于何时？

张喜忠：

2009年左右居多。

我一年基本上能创作十幅画，尤其关于禅宗方面的画基本完成于一间不足十平米的小屋，两米多高，空间逼仄。那时的画都是大画，二米三乘一米八。

章砚：

你今年的作品好像小的居多，比如《六二〇手记》，它和你以往的作品有明显的不同，比如有阳光了，但似乎画面的人物对光有某种不适应，他遮住了面孔。

张喜忠：

画风求变是一个很难的过程，我还在摸索中，《六二〇手记》等小尺幅的作品是一种实验。目前我正在进行一个很重要的创作，就是禅宗的十牛图，酝酿了很多年，今年可以落笔。

章砚：

我很期待看到这些作品。你的许多画面充满了忧郁的色调，这与你的经历有关吗？

张喜忠：

可以说无关，但不可否认这种忧郁色彩，与我的某些无法打开的心结有关，它让我的思索不由自主地笼罩上一些东西。

人终归不能永远拥有超然物外的冷静，把冷静作为一种常态已是奢求。绘画就是一种禅修，一直以来，我对禅宗充满无限的偏爱，往往闭门构思三个月或者更长一点，一落笔，发现你所有的体悟并不适合作画。不过这也不遗憾，毕竟这段"禅修"的经历，增加了你思考的厚度。

章砚：

构思是很劳累的事情。

张喜忠：

是。劳心劳形，这种磨砺是无以用语言来表述的。

6.北京

跌跌撞撞，张喜忠总算毕业了。

好友邀请他到东北师范大学任教，但是艺术学院的老师又从中作梗，让他不能成行，甚至把他的报到证直接打回了浑江！还好几位好友帮忙，终于把档案留在了长春。但是这样，他的毕业分配就成了问题。

塞翁失马，焉知非福？旧时好友薛林兴此时已在北京工作，没想到经他四处奔走斡旋，北京教育学院同意接收张喜忠。

1990年秋天，张喜忠自长春登上了开往北京的列车，他轻装上阵，只背了一个双肩包。

毕竟是上京，虽然要渡过十几个小时的漫长旅程，但他内心还是充满了惬意。

过了一段时间，简单吃了一份盒饭，随着火车驶入黑夜，张喜忠也伏案进入梦乡。

到了山海关，张喜忠醒了，但是地动山摇的事情发生了，他的双肩包不翼而飞！

看着车上熙熙攘攘的人们，那一双双冷漠的眼睛，似乎在事不关己地告诉他，他们并不知道发生了什么。

钱，身份证件，最要命的还有他的报到证和四年大学生涯的全部档案，没有这些证明文件，北京的那份工作显然又会被搁浅。

才否极泰来，又跌入谷底，张喜忠置身命运的捉弄，啼笑皆非。

他无助地自问，他一直醉心绘画，一直与人无争，怎么偏偏一波三折？

到了北京，住到薛林兴家里，张喜忠每天只管蒙头大睡，薛林兴笑着问他："你的心怎么这么大？"张喜忠回答："不大又能怎么着？"是啊，这些档案补起来比登天还难。眼看报到日期的一天天迫近，他的工作马上就会鸡飞蛋打，除了睡觉，他实在无法想出该做什么，他更无法把事情告诉家人，他们还沉浸在他进京的喜悦中，他想象不出他们知道实情后的失落与纠结。所有的失落与无奈就由我一个人来承担吧，他暗自私语。

张喜忠再一次体会到了天无绝人之路的戏剧性。

一天早晨，薛林兴把他喊醒，说家人打来长途电话。原来，张喜忠二姐接到一个来自沈阳一家工厂保卫科的电话，说该厂一名女工晨练，在垃圾箱拣到一份档案，觉得很重要，便交到厂里，厂里看后立即按照档案地址联系上学院。此时学院的学生已毕业离校，他们便为该厂提供了张喜忠家人的联系电话。不管事情如何曲折，反正档案回来了，张喜忠喜出望外。他立即告别薛林兴，直奔沈阳，这时离分配报到截止日期仅仅剩下两天。

1990年高校毕业生分配到京的，有一个临时政策，即毕业生须到河北锻炼两年，合格后方可回京工作。薛林兴对张喜忠说，"就你这个性，在那里呆两年，准回不来，不如委屈一下到郊区吧，好歹也算北京。"张喜忠一想，这也是两全之策，遂应允下来，不久，他被分配到北京市教育学院昌平分院。

由此，张喜忠成为北京市民，开始了他的北京岁月。

昌平分院的业务主要是对昌平区域内的中小学教师进行业务培训，同时还有几个大专班，张喜忠为这些班级讲授绘画基础。生活中的张喜忠还是比较随和的，尤其痴迷绘画的他，对于绘画之外的一切，抱着与世无争的态度，所以两年多的时光里，他与同仁们相处还算愉快。

两年后，张喜忠结束了自己大学教师的生涯，和他相处极好的学生们成了他唯一的牵挂，他与他们一一话别，许多学生直到今天与这位张老师仍然保持着极好的交往。

虽然辞了职，凭张喜忠的才艺，衣食总是无忧的，他经营着自己的画廊，过着悠哉的日子。夜深人静的时候，或者阅读，或者凝思，或者作画，晨来夕往，他是幸福的，他把痛苦留给了形而上，他在此期间，面对绘画，面对哲学，内心也在不时被触痛，甚至煎熬，但他浸淫其中，少了形而下的约束，还是充满了某种自足，他深深觉得，自由诚可贵！

1996年，他又与几个朋友一道，注册了自己的公司，主要在全国各地开展与雕塑有关的业务。

对 话

章砚：

　　这是一次真正意义上的下海，它让你一度成为商人，它对你绘画有什么影响？

张喜忠：

　　我觉得这是种生活方式，既然发生了，它在我生活之中就是必须的。至于对绘画有什么影响，还谈不上，只能说是一种磨练，促进我对人生的思考。对于绘画，我从未间断过，这段搞公司生涯，我不能专心致志从事绘画，但一有空闲时间，我还是习惯于走到画布前。

章砚：

　　工作繁忙，我想对于你而言，又出现了新的苦闷。

张喜忠：

　　这种苦闷是必然的，每天周旋于不同人之间，说着言不由衷的话，做着勉为其难的事，酒局一个接着一个，陌生的面孔一拨连着一拨，有一天我发现自己都不认识自己了。

　　这种生活方式最后变成了一种折磨，让我内心有了实实在在的痛，这次它不是来自于形而上，而是一种刺痛，鲜血淋漓那种。我希望在读书之中得到一些启迪，但很快发现没有用。于是到了2000的时候，我对合作伙伴说，我坚持不了了。在他们建议下，我聘了一位总经理，我从台前走回幕后，希望可以两全。但是这一招失败了，总经理的思路和打法并不适合我们的公司，我们的公司似乎只有按我的思路才可以运行，并且由我来亲历亲为才可以做好。

章砚：

　　这回你又一次面临了两难的境地，难不成你又一次有了逃跑的冲动？

张喜忠：

　　对，我决定再次突围。我撤出公司，把它交给了合作的朋友。

章砚：

　　经济利益和艺术追求有的时候似乎是相悖的，特别是现在，艺术家似乎失去了一些底线，你对此怎么看？

张喜忠：

人各有志，我们也不能评判他人的选择，比如有些画家尽管也追逐名利，但还有职业良知，这样也行。

其实好的艺术品一定要有纯净的东西在其中，它们带动着收藏的魅力。现在很多人收藏的就是垃圾，自己或许知道究竟，不过还在硬充面子；或许自己不知道真伪，但是别人碍于面子也不点破。一次我到了一位朋友那里，他向我炫耀他收藏的一幅王雪涛的作品，我从小在北京美术馆看过王雪涛真迹，一下就看出那是一眼假，但怕朋友伤心没有点破。还有一次到了一位老板那里，他的展厅不是豪华，简直是奢华，一看就知道是投资巨大。他的满屋子雕塑作品，什么这个大家，那个名家的，居然无一真品。当然我也没说，因为说了他也或许不信，反倒在别人面前打了他的面子。

章砚：

我一直认为，正是因为赝品的存在，才有了收藏的神奇魔力。我最近正在研究沈周，他是一个心性自由的画家，不仅一生不仕，而且宽厚待人，绘画充满了古味，这种人的作品想不升值都难。

张喜忠：

我也喜欢沈周，欣赏他的生存方式和艺术状态。说到宋元，那就是中国绘画的黄金时代，令人神往。那种精神，那种情怀，那种笔墨意趣，让人拍案叫绝。心不静，难以产生佳作，在国外也是如此，许多画家就是画痴，绘画之外的事，他们一概不想。当年法国也有一个画家村，其中有一个叫付丁的画家，他的作品市场极差，结果被一对夫妇打包全要了。其实付丁的作品很独到，功夫也上乘，色彩处理更是难以有人比肩。他才像神经病，率性至极，凡·高在他面前就是一个正常人。果然后来他的作品被接受了，那对夫妇成为最大赢家。其实一个心仪绘画的画家做到心静并不难，无非是放下一些，拣起一些，拼的就是一个心态。千万不要在生活困境时，为了金钱而走形，去迎合市场，这样做无异于舍本逐末。而是要立住自己人格，挺得住，坚守自己的信念。这样做，也会牺牲很多，但是值，正因为这样做了，你心中的绘画才在。

章砚：

我发现你的作品有太多的大海，你很喜欢大海吗？

张喜忠：

太喜欢了。我来自大山，但走向大海。我觉得只有海才适合作人类的布景。小时候，我非常喜爱果的《海上劳工》，收集了它的各种版本，雨果笔下的大海，包括小岛上那几个人的性格各异，都让我震撼。因为海太大了，我画海时从来不参照实物。

章砚：

在你的涉及大海的作品中，你最满意哪一幅？

张喜忠：

应该是《海平线》吧。一个人匍匐在地，后面是一线蔚蓝，那就是大海。还有《悼念大海》，那个人抱起一坨海水……

7.幽 居（尾声）

张喜忠对自由的偏爱，冥冥之中注定了他的人生永远逆行。

2008年起，张喜忠在北京宋庄艺术区找到一个画室，隐居了起来，自此开始把所有精力放在绘画上。

宋庄是一个艺术家群聚之地，但北京生活的巨大压力让这里人流的波动很大。对张喜忠而言，外面的热闹带来了绘画的最新信息，而他需要安静的时候，便关上画室的大门，一个人躲在硕大的空间内徜徉、思考、作画。在他自己的逆行之旅中，他终于做回了一名职业艺术家。当然，这并不意味着逆行的终结，也许他会一直逆行下去，一直敲那扇雨中抑或月下敲不开的门，就像一首唐诗所云，寂寞空庭春欲晚，梨花满地不开门，其实恍惚之中，他已不需要那扇门扉开启，他与上帝同在。

张喜忠的时空不是封闭的，他的朋友很多，他们会在某个午后叩响他的画室大门，然后与他一块儿品茶闲侃，当然更多的话题还是哲学与绘画。一些已经是教授的老同学们，索性带来自己的研究生，让张喜忠为他们讲上几段课。一次，佛门弟子悟心禅师来拜访张喜忠，恰逢他外出。悟心等了许久没等到，就先离开了。张喜忠回来时，发现悟心居然拿画室里仅剩的一支秃毛笔和一点墨汁，在两张废弃的纸上，画了两朵兰草。几天后，张喜忠把它们裱好，挂在画室中。在这个布满油画的空间里，两幅水墨小品显得格外醒目。后来他创作的《悟心禅师的兰草》这件作品，也出于对此事的怀念。

张喜忠的幽居生活是充实快乐的，可谓谈笑有鸿儒，往来无白丁。在这份安静的时光里，他悟道、修心、交友，真正地自得其乐。

2015年7月18日，张喜忠的《我是他者的人质》个展在中国美术馆隆重推出。熟悉张喜忠的人们发现，八五以后，渐行渐远的张喜忠压根儿就没有离开，他携着自己饱含着凝重思索和个性语言的作品以自己的方式重磅归来。

这是更加成熟的张喜忠；这是特立独行的张喜忠；这是逆流而来，披星戴月一路坎坷重回人们视野的张喜忠。

面对着远道而来的朋友们，和陌生的观众，他说：

大家来到这里也是因为绘画的缘分。

对于绘画有许多不同的定义和解释，也有架上绘画已死的说法。在我追问人生的意义时，人生就变得荒谬而虚无，我也理解绘画已死的说法，但是只要呼吸还在，思考还在，生命就呈现出它鲜活的光芒，虽然它处于困惑之中。我的作品作为一种自我认识、自我反省的病例，它的意义不再是审美的目的性的。一种存在的基本特征是排他性："我不是你，才是我，无论你是谁。"我的现实状态就是循着我的反省和痛感去排他性的活着，沉下心来，倾听自己的喘息，人的内心是谁也抚摸不到的。这些作品作为一份证据挂在哪里，与你们对视，这或许是一种慰藉。肉身是信仰的供奉机构，殉道是它的唯一出路。展览的标题是我有意对一位哲人的误读——我是他者的人质，是我无奈的面对这个世界的一种关系。

作为喜欢张喜忠绘画的一员，我知道，与张喜忠的对话只是一个开始，我把这些对话献给喜爱或即将喜爱张喜忠绘画作品的读者们。我深深知道，我所看到和描述的，仅仅是冰山一角，张喜忠坎坷走来，他的纠结，他淋漓着热血的伤痛，他的失落与梦想，他的反思与追忆，早已深掩在他喜爱的碧蓝的海水之中。晨来夕往，或许只有张喜忠自己的内心才能真正聆听到它们的呻吟，它们的澎湃，而作为我们，或许拥有那一幅幅足以令人掩卷深思的画面便已经足够……

附录：张喜忠的文字

之一：哭　岛

按声学结构让海岛发出巨大的哭声。
海上声学。爆破。气象。控制工程。

冬季的海岸。寒冷是压缩。身体被挤压。灵魂在喘息。一切软体的、动态的、呼吸的、被巨大的重力抛离钙质世界的中心。H翻滚在泥泞冰冷的海滩湿地。

那一日我出生在扬起风尘的大道上。初生的喜悦只持续了几秒钟，一股莫名的忧伤便刹然袭来。那时我正模糊地向眼皮外看去，温暖的阳光俯视，刚刚伸展出去的肢体还没有从痛苦去验证血肉的出身，我的眼泪便流了出去。来不及了。没有任何余地可以挽回了。我已堕落成形。事情发生了。我成了铁的事实。我死命地哭喊。我大叫。我疯狂暴跳，我泪如泉涌。没有什么办法阻止事情的发生。现实是坚硬的。事实是不能更改的。一切都太迟了。我肆意倾泻我夸张的泪水在我的出生地嚎啕至今。

将野心撒满大地。微风缓缓从山坡后面袭来。在胶水中游泳。天空掉落下来。专吃花蝴蝶的老鼠。卡在喉咙里的骨刺。死鱼一样成人的眼睛。因痛苦而长出青苔的石头。珍贵的棕狼。令人恐怖的仙气。伤感的起源。和尚青灰色的面孔。鲜花正在开放。大路正在伸展。房屋生长它的阶梯。背包等待出走。鞋子等待践踏。蜈蚣在墙缝中飞翔。支票正在作废。床垫都被扔掉。心情都被夸张。鱼被淹死。插座都短路。汽车疯狂地相撞。在墙上摩擦的头皮。挤出来的眼珠。冒汗的手心。被切断的笑肌。被吃掉的肾。还有方形车轮。被遣散的灵魂。斜视的鸟。用竿子探测死尸的船夫。急刹车时悲伤鸣叫的车轮。每天夜晚背诵咒语的婴儿。和天空连接的公路。拿削尖的铅笔狠戳作业本的学生。枕头底下都藏有凶器的村庄。向黑暗瞪大眼睛的窗口。把胳膊踩在脚下的智者。把船抬上山顶的老人。以碎玻璃为食的种族。落花季节哭泣的猎豹。爱上魔鬼的少女。死去父母的儿童。永远在逃的儿子。每到夜晚便双手合十诅咒人类的老鼠。不肯驻足永远飞行的盲鸟。肋骨编织的船。复活的金鱼。姗姗来迟的暴风雨。女人的肩胛骨那里应该长出翅膀。在内蒙造船的人。长出獠牙的羔羊。撕开伤口自杀的棕熊。有翅膀的猫可能参与过鸟群的阴谋。跟踪人类的蟋蟀。失望的夕阳斜视的目光……

揭露它的形象直到抽象地消灭它。

H在他的头脑里填满了为哭岛备用的材料。在大脑里艰苦地复习它的构造。气象动力学资料。施工组织。岩石声学。海上爆破设计。

很害怕掉进细节。生活的细节。每一浮萍都踩不得。

海岛可控的边界。独立的处境。有发言权的尺度和身份，以及它浸泡在海水里的快感，都是H选择的理由。

哭岛／H自身的放大。投机真理的行为。它逃过了经验的疼痛。心被压榨。文明地裸露自身。

H不会游泳。不至于与大海纠缠和对话。泳者的危险，船只的危险，都是因为错误的对话关系。像疯狂的恋情，你一动便被紧紧抱住。不能被机器制造成工人，不能被女人制造成恋人，不能被大海制造成船只，不能被话语制造成文字。

H萎缩在岛屿的缝隙里。夜降临时乌云翻滚。深处雷声阵阵。H抬头愚蠢地猜测这一夜的意义。H虔敬地使用生命。每一微笑、每一指向、每一凝视、每一屡微风、每一处草动都必然饱含着意义。

没有差别该如何去辨别自身。H急于上路。他将由此成形。驻足，语言像荆棘一样撕扯H的皮肤。障碍从大脑里卸下。自恋的皮层还没有理智自尽。快步向前、向前。黑色海域。期待的岛屿。远在逃的儿子。每到夜晚便双手合十诅咒人类的老鼠。

H一路走来，这些片言呓语就是他被阳光照射着的狂妄供词。只要不死就可以牢固地耸立在那里，死亡是一种残缺，H自语。和以往一样，H在任意的疯狂面前尤为镇静。他清楚地知道咆哮的一方仅仅是一种参照，H内在的迷茫太挚爱这样一种疯狂。它穷尽一生极力打造的正是这样一种景象。或许这窒息的瞬间留在H内心上的打击足够深刻，足以使H要与它再次相遇。"意义"有待于重建之可能性在被阻止的时刻重又浮现。

弱点、uailaig伤病、衰老、死亡就会使身体的城堡摇摇欲坠，会有裂痕，只要它患病就一无价值。

H有可能似在以自身——H阐述的"自身"为触点讲述个体的种种危险。而它的决定性战场不得已是内在的。

它的"哭岛"就是被孤立在海洋上的肉身伤痛。

好吧，人类自身的消化就是嚼烂自己，把所有手段都对向自身，这是终结。

我无所指，我已成为目的。人的世界观导致人类的自我塌陷，如果不折射回自身，那么，它去向何方。

工程的进度按预计艰难地逼近哭日。

劳工们度日如年，上帝的皮鞭一直追赶着他们不停地抽打。它们的脖颈上都有那样一颗黑痣。那是被流放的印记，它被打印在基因上。

爆破声、钢钎、铁锤雕凿岩石发出的声音，人的叫喊声，海浪抽打岩石的声音使H感到H全。节奏快速而焦急地捶打在颤栗的内心周围蒙蔽起恐怖的真实。

欲望的钢钎砸进坚硬的岛屿发出灿烂的星光。伟大的对抗辉煌而壮丽。

左臂变异为钢钎，右臂变异为铁锤，面容被感动。

寒冷、潮湿，从毛孔向每一个人渗透，无法取火。人们被H的阴谋卷入海洋冷酷的生态系统内，不得不承受环境的肆虐。人们吞吃活鱼，牙齿沾满血迹。

H明白哭岛的力量应该不足以使自己这样迷惑。新的篇章即是由绝望表述的，在绝望的山峦上覆盖着无法书写的含义，它包藏着自尽的肉身滚动着如同一块裹尸布。

被奴役的幸福，被皮鞭掠过时真实的伤痛。上帝划过的界内生命得以喘息。

H的劳力莫名地忍受他的鞭策。它们的沉默隐藏着深刻地狂喜。它们把自己交到H手上，以"服从"咬伤H的自尊。

习惯闭着眼睛的H非不得已地向外斜视，他一旦吐出必是深谋的毒辣语言。如果不能做到如此，H就将被现实灼伤。

就在我不该闭上眼睛时我闭上了疼痛的双眼，它再也不能睁开。我只好在内在的血色中漫游，我是上帝的一封信，在人间拆封。
血色身柱。

我血淋淋地站在自己面前，头发与面部被血浆黏在一起。被一群人突然的用薄薄的菜刀削得遍体破碎。我成了一个活动的血色身柱。全身裹着厚厚的血浆，比原来的体型大而醒目，走过众目睽睽的人群。在大街的中间走过。吸引了所有的目光和房屋的注意。人们什么都不干了，他们的所有心思都被这血柱带着走。

就这样他带着全城人的目光走到中午。灼热的阳光使血浆凝固成血块像干涸的土地样龟裂脱落。血色已变得黑紫。人们的目光和血的凝固一同呆滞不动。这个对我来说从未有过的事件牵动着这个曾经孤寂的城市跟随着这个血红的事件慢慢地晃动。

这个被叫作城市的地方不像是一个城市，人们不是集中在一起而是散落在两条铁路干线上。它很大，因为它从没有被城墙围起过。它没有值得忆起的历史可取得一种年龄。这使得土匪们得以飞行在广阔的大地上搜寻剩余的村舍和猎物。他们不需要走出去，他们贴附在这块土地上呼吸着灰尘。

也只有这些土匪没有最终背叛这个城市。他们的精神在今天仍然被追杀。

我曾经效法这些伟大的传说要重建远古的匪帮。

海浪像浸了水的皮鞭一样抽打岩礁。整个岛屿的下部始终闪烁着金属的光泽。海水不停地冲洗终生黏附在岩石上的柔软生物。海面漂满丑陋的眼睛，这些变形变态的身躯在海洋中放肆地现形。这些龌龊的灵魂千百年来地游来游去。H要来制造一个景象，一个空洞的思想景象，一个令生命继续蒙羞的景象。

身在其中的这幅面具就像指纹一样紧紧贴在皮肤上，想要拿掉它势必得撕破脸皮。

你若真的撕破它，它便会以狰狞的面目永远挂在你的脸上。你的痛苦和愤怒永远不被解脱。每一次我面对自己，这种旧有的伤痛便会复发，究竟哪一面在负担着重轭才能这样无耻的表现出藐视并分明地展示你不能克服的失败。此后，我无法，也不能再面对自己。

他被卷进这黑暗的势力中任凭蹂躏。直到如今他仍然难以启齿他遍体伤痕的起源。

微观世界的战争早已开始，每一肉身都是潜在的战场。在H身上验证了命运从内部摧毁一个人的全部过程。

岛屿的气息更接近生命的模式，H洞穿了这个悲伤的喉咙古老的夙愿。只是他错误地使它大哭。

在上帝造人的背后有一狭隘的动机。按自身造人是更方便隐藏自己。

声音卡在喉管里，一只腿斜插进另一只腿才阻止我疯狂奔跑的身体。得往血液里兑进一大桶凉水才能缓解心脏不停跳动的痛苦。

他滚落在土坡下不住地抖动。肢体奇怪地卷曲在一起，一件血肉的装置，一件被自身折磨的器件，一件独自旋转而永远没有用途的机器。

H妄自惆怅。我就是需要时光来老化。

像H这样的内心有必要去关注一切外在的事物么？他已沉睡于生命的襁褓中永远不醒。而当内与外在视觉界面上被划分时，每一座生命都已筑起坚固的壁垒抵御外侵，使生命全部痛苦地面对面。因为他要挖掘，不停地向深处挖掘，世界都被翻转成内在而黑暗起来。

整个哭岛的成就是H泪腺的放大。劳工、炸药、岩石和海洋承担起身体局部零件的功能，它们被精心组合成一件结构严谨的有机体。

身体的边界是生命的最后防线。

H伏在坚硬的岩石上，无法再将疼痛折射出去。万物轮回地压榨生命，是痛苦在试写生命的矿物学故事。

这是软体的哲学。

有时我就是将自己抡起向着岩石上抽打、摔打直到皮开肉绽，骨肉分离，血流成河。

鸟儿跟随我，在我的上空盘旋。野兽们惊诧地注视我，渐渐地我被温柔的阳光蒸发殆尽。

像是夜色中本质的投影，我们人类卸下尸体匆忙离去。

这些野狼被我错当成粮食吃到肚子里。它们恢复身形后就谋划反攻。它们每一个坏主意都使我的心脏翻江倒海般疼痛。内脏受尽折磨，没人察觉我的事故，我已奄奄一息。埋伏在草原上的狼群在每片树叶的后面注视着我的变化。它们准备内外夹击抹杀我的存在。它们不是吃掉我然后消化我，而是从内与外挤压我，我无从争辩地自我变形。没有机会进入狼族的食链。不在命运的体制内我比失去身体更加痛苦。我抗争这出奇的遭遇，我挣扎。而这正是野狼的阴谋，它们狞笑。我以奇怪的姿势死去。

揭开每一处痕迹都是深不可测的伤痛。我几乎没有勇气去碰触任何它物。每一个人都在疼痛。

对。也不可以堕于沉思。不可以独处和归隐，与不可以自杀一样不可以使问题受到磨损和丢失。

所有的存在都闪烁着神秘的光辉。

文明的历史遗产是什么？是人类的排泄，是粪便。

于是，我就将自己抡起向着岩石抽打。

唯有纸张可以通过思想的信筒。与命运达成新的契约必要的文件。生活的本质是拓扑性的。我们平行的滑过。革命的成果是发明出剑刃。它挤进体内。也可以裁剪思想。刀刃是留给分子结构缝隙的，它可以挤进最窄的那道门。它是爱和恨的工具，都一样的刺进去、挤进去。纸张也是一样，它太薄了，它一定可以到达什么地方。它传递的不仅仅只在人间。

我迷恋纸上的咒语。用生命作符码涂写。大地是上帝的一张皮。

看看子弹和刀剑的形状，简洁而单纯。只有它是想着深度并纵向于这个世界。它与人类的经纬构成存在的大十字。它穿越的是人类。

空间是拓扑的。

我们匍匐在事物的表面。人的世界是一场有关深度的幻觉。通过痛苦和变形才展开我们关于深度的测量。伤口愈合后它就回到平面，平滑的表皮。

自杀也是向着深度的一种努力。一切破坏力量都隐藏着平面世界的革命。从起跑到食物之间，从爱到恨之间是欲望在平面上的冲刺，要我们成为人的意志是一个低劣品味。成为一个人或成为一条蛇，它没有一点不同。肉身和世界在摩擦中爬行。

皮肤围成的边界脆弱不堪，一点风吹草动我就瑟瑟发抖。

向肉身开战，人间的硝烟从未停止。我猜测人类对自身施行的暴力还会更加残酷。平面意识上的动机旨在破坏。它反复地被抛回地面，反复地被粉碎。逻辑世界车轮的转动，痛苦在滚来滚去，睡眠在平面的床上，在终点等到结果。这些都源于生活的平面本质。

人间的杀伐是历史中最为壮丽的景象。

有谁站在地狱的边缘就把它推下去。

清除、扫除自己的痕迹是高贵物种特有的秉性。扫除那些伴随人类成长的监护。

文明是不是女人的阴谋，那是生命这张皮的另一面。

压进书写的平面里。我不看它，它就永世不得超生。更何况以鞭挞的方式使你皮开肉绽。

它。

放在这里已很久很久了。封面已布满厚厚的皱纹和灰尘。它厚厚的重叠的学识使它坚守着它的矜持，一直平静的等待，等待解读它的人来。

不时的被随风掀起几页，随波逐流地虚伪和做作却更好地平常化了。不会因沉默而受到重视，淹没在平常里。

还没有人把它从头看起过，即便是一生都在寻找这本书的人也只是像风一样掀开几页，很偶然很随意地断章取义。

那些从未被人碰起过的书页就这么等待着，期盼有人来翻开它、译读它。它有可能是有史以来将以最丰厚的回报给予它的解读者的一页。

岁月漫长的掠过，风也平息了，来往的人更少了。它不知道它坚持它的矜持还能多久。渐渐的它只有进入记忆中听听风声和轰鸣的雷声。死一样沉寂的日子持续到这样久，久的超过任何一段可忆起的岁月。

灰尘更厚了，压得它快窒息了。灰尘钻进它每一页肺片里。几个岁月以后，尘埃早已在分子水平上化解了它的内在。表面上看去它丝毫未变，厚厚的依旧停放在那里。

直到一天它突然的一声咳嗽即刻化为灰烬。

它。

佛陀的手势一直持续，几千年来还在继续。它要面对的是所有的人，每一个人。生生不息地追踪生命。它的双手一直伸触到现在，所有的仪式旨在延伸它的工作。关系到每一件生命。

普度，普度。

历史从我们身上驰过。

H的脸遍布泪水侵蚀的沟壑。他跪伏在风雨中的岩石上狞笑着。谁有资格解读人类历史的伤痕。我活着就是人类最疼痛的伤口。我死灭就是人类最丑恶的伤疤。

我每一支因胆怯而没有射向人类的毒箭都折射向"H"使他遍体鳞伤。令我不解的是：一个恶毒的人不需要原料就能在自身之内酿制毒液使自己从内部遭到瓦解。

存在中散落的尘埃，每一微粒都来自我的内战。

对此，我无能为力。我没有办法。我不能有任何期望，我只有如此。"希望"如同风中之烛在心中飘忽不定。我不想承受，我是被吓住了。我向一切万物展示我的无能，我不可能伤害你们，我双手合十向一切顶礼膜拜。

我跪下，我匍匐在地，这是生命的驯化。

不管我怎样的一幅笑容也掩饰不住狰狞的牙齿它那不光彩的历史。那是撕咬与杀戮的历史证词。它坚硬而丑陋。仅从材料上讲它就是低级的。

谁把它镶嵌在柔软的肉身中无耻地裸露。呲牙咧嘴这低级起源的身世令我羞于张嘴，好似我生活的全部就只用来扼制自己狼性的萌动。我逢人便泯起嘴巴，我善意地微笑，可我仍然担心。

还有什么可以期待。疼痛一直在钻探，我的期限是在它快要到达骨头之前。此时我仍然搁浅在表述的欲望中。我们是以生活的全面瓦解为代价弥补这一缺憾的。

我的思维几乎衰竭到荒废，思想转换成刻骨的疼痛。现实在颤抖。每个人都是无辜的。H自语，眼里噙满泪水。

现实所固化的一切都只成为废墟和伤痕。

H的绝望来自对历史的歧视。

人类基于偶然，我的错误又有何妨。

另一种可能性使H的"哭岛"仅仅满足于思想的呓语。心底里他根本不愿哭岛成形。幻化为行动的一切都是致命的。仅在一念之中使世界晃动吗？H是我们描述过的哪一位曾被人间践踏过的伤心图腾，如此的对人类充满歧视。

恐怖与蒙羞的是他面对自己无可争辩的肉身重力。它沉坠在H深远的探测中并因自身的重力而内疚。

被生活席卷。侥幸的人。生命喘息时的光芒。死人的脸色，诱人的皮肤。像佛陀的裙底边完满自足地闭合了言说的无尽。

人的内在坐标是没有方向的。生命的形态是平面化的，比如它重要的器官都长在一个面上。而且是不对称的。它的冲动指向一个目的，明确地以方向性暴露出来。它的各种器官都向着那个方向伸展。

我们可能就是远古的一道目光。因某种欲望而伸展至今。它前后分明的形态是只为前途而制造。我们的后背就背负着遗忘而不能重渡的断代史。总是从背后受到攻击，我们对这另一面的情况一无所知。粗糙的后背，平面化的人生。

没有前进和倒退。

方向是任意的又是确定的。它的风险也是注定终其一生的。以"人"这一特别身份介入空间世界。人要渡过的是一精神的风险世界。它可能也是一条船，是一个舞者，是一个战士，是一个儿童，是一个失忆者，是一个殉道者，是一份档案，是一朵虚幻，是一只哭泣的豹子。

诞生或死亡仅仅是材料的故事，它可以反复成形。在海洋高昂的哭泣中，H惊诧于生命泛滥的理由和它取之不尽的原料。

历史的物质残片。战争、爆炸、种族、思想、精神、前面、后面、行为、原点、咒语的穿透力。废墟、残骸以及人类持续脱逃的所有计划。

好在哭岛不要再进行了。

我是自己爬上山顶将自己风化储存的，在攀爬的途中我耗尽了身体的水分、皮肉、内脏和灵魂。

我们是单面人。在单面人的背后是一粗糙的断代。H喃喃自语。从来不敢以背朝向人。我背负着恐怖而丑陋的伤痕，也害怕从背后射来的目光。事物都有一背部。我不停地随着人们的视线旋转着。我只有一个正面。我永远向前，我徒劳地保护我的正面和它必须有的方向的一致性。这是有面部生物的习惯。

我没有任何机会对人的形态进行改造。

我们有可能进入一只蜥蜴的体内而身不由己。我流露出的目光是一种渴望，无法逾越的屏障是我的形状，每一锁闭在体内的灵魂都狂吠不止。

把我们的触须剪掉，把植物的根须一样的脚趾剪掉。植物学还原的人类。

我们咬噬的是生命钙化的宿命结局。人类钙化的鳞片纷落于世。世界是生命钙化的变形，是向着钙质的退化和前进。我们无可奈何地消耗着肉体。生命唯一的行径是堕落和颓废。它必然被迅速丢弃。

逃脱的人总是以最疼痛的方式抖落生命。人类的思想只能用身体表述。生命的失败是水分的逐步蒸发，最终塌陷为全部的钙质粉尘。

人类对水分的渴求演化为流体景象的残酷梦想及它潮湿的拙劣出身。

惩罚不是针对骨头与肉体么？使水分从伤口上泄漏。人的历史是由伤口诉说的。那伟大血色的液态传奇。

我们是悬挂在骨架上的水分，被时光风干。

在我没有干透之前，我做什么？

在海洋，它的广阔是生命保障的幻觉，全在于水分。还有大海的波涛对于岩石的仇恨拍打演绎着身体对于钙化的宿怨。骨头像针刺一般裹在肉里，人类却没有因为疼痛而毁灭。

H说大家都在给生命造谣。

哪里有相反的人生么？短命的恰恰是灵魂。

三维形态是二维世界的低端产品。意义不在世间。哭岛没必要成形。现实永远是一种歪曲。

死亡的秘密卡在临终者的喉咙里。

从古至今的神庙不是因天灾人祸倾塌或残破。而是它厌倦了。所有的神庙都在自残，并且以伤痕生活，以继续扩大的伤口生活。

H的动力谱系。

发明自己。

正是我要抽身离去的姿势暴露了我的走向。

放弃世界才能返回自身，闭上眼帘时关闭了世界的那扇门。

界限是不存在的。人是链接。我们走在自身血肉之上。看，佛陀的眼帘半开半合，并打出第一个手势。

和人对称的是谁？是什么？

尸体是人的纪念品。

迟早的，我将踩到我的尸体，它一直等候在那里。

生命是一种苦难的塑造。相对钙质与植物我们被放逐在求生途中。有羽毛和双腿。我们在消耗掉生命的全部热量之后才有可能重新取得矿物那伟大的平衡、重量及稳固。那是关于钙质的理想。存在的核心内容并不需要生命参与。我们极其边缘和劣质。

H将靠近的，它内心长途的目的。岩石和植物。生命要支付全部的时光成本来保证其生存。它始终要完成最低级的劳动。

生命的植物遗传。植物的根须继续在肉身之中生长。它营养源的摄取被艰难化。需要一个复杂的消化吸收系统来完成基本的生命供给。在经济学上成本最高的形态。

生态的实际演化序列是相反的：生命向植物向矿物的进化。

人是被放逐的。它承担着生命的逃逸指令。因此它代表全部生命开始站立。生命演化的两极目标同时植入人的意志。有时它自我分裂，从内部被撕碎。

人被进化推到前沿，但那是逃向起源的前沿。永远是革命与反革命。

世界文明只有两种内容：前进和倒退。那条爬行中咬住自己尾巴的蛇。

佛陀慈悲地把我们拖出人生。

使用岩石、风力和海浪的潜在动力也是生命的示威。是流体腐蚀的化学斗争。开天辟地是人类最初的口号。

向世界炫耀权力的是我们自己，并以残缺的瓷片、骸骨悼念这一传奇。端坐在生命之中的正是人类供奉的。人类的优雅几乎就是一种挣扎。

艺术中没有绝望。它已然是最大的痴迷。

真实的人类早已灭绝，我们是生命的重复。

悲伤像一阵风袭来，在它掠过的这片刻我已形同鬼骸。

哭岛开始发出持续不断的婴儿般的哭声。引来成群不知名的，长相怪异的海洋生物沸腾在哭岛周围。它们将自己跳跃在陡峭的岩石上摔砸。血和鳞片与海浪一同翻飞。人们逐渐分辨出哭声中鱼群的尖叫和疼痛的呻吟。它们被哭岛惊醒了。

H仇恨婴儿。它们还属于魔鬼的世界。婴儿所通晓的阴暗世界是H一直惧怕的。这哭声使H因恐惧而愤怒。

成千上万只海鸥互相啄食。鲜血淋漓在哭岛上空。哭岛上爬满了长腿的鱼群。每一处发声孔都挤满张嘴的鱼头。

H把身体贴附在冰冷的岩石上。漂泼的血水，疯狂自残的鱼群的皮肉和鳞片夹杂着腥臭的尸体内脏向每一个方向喷涌。一切都将粉碎。

有力的瓦解。

自我否认。

哭岛的声音继续在工程中放大。

再也不能平静。它搅动了另一轮回，万劫不复。

哭岛的发声解除了H的重负。

大脑被洗劫一空

砸进H思想里的钢钎和真实的一样坚硬，也一样疼痛。

H跪下双手合十。

在哭声中流淌在岩礁上的海水就成了泪水。就像伸出海面被放大了的头颅。它的泪腺连接着海洋，无尽的流淌。泪水是咸的。绝望的哭吼。嘣溅的血泪。疯狂自残的鱼群。

一个浪漫主义的夜色。人类的虚狂应当贴伏的背景。

只要在场就没有失败者。那是英雄主义的悖论。

这颗功利的心脏可以无所指向地跳动么？

H跳起像鱼群一样向着岩石摔打。

H明白即使炸掉哭岛，它存在过的事实也将继续在H的大脑中耸立。一切行为都要被度量么？每一举动都带来困惑？

植物迎着阳光向四面丰满它的肢干。

生命在徘徊。猎豹在奔跑。

言说是一项重要选择。你必须接受判读了。

荒谬的现实，语言是诅咒化的。是人还能有其它的可能性么？即使再辉煌也是十字架上滴血的故事。

是人就无法躲避的忧伤，一切存在的伤口。

归于尘土就没有被更改的可能。

一生就这样空过。

这块巨大的岩礁被愚蠢地雕凿成哭泣的风箱。它无辜地被人工重塑。那么不协调，那么丑陋。它的哭声源于人类的邪恶动机。H狭隘的内心扰动了这处平安。人类所实现的都是平面时代的邪恶设计。

阳光下我们羞愧的穿上衣服。人类是自然畸变的结果。一个无地自容的存在。

每一念头都是耻辱的印记。我们被放逐给无止境的苦役。劳动，它若不是因罪恶而遭受的惩罚，那它就是物种的低劣所必须付出的生命成本。

狼在我的眼里是多么的骄傲。那头奔跑如飞的猎豹，住在悬崖上的苍鹰，花朵上的蝴蝶，它们贴伏在自然之中并突起。

把它砸碎，谁是人类的大脑？

一场偶然的道德判断就足以对人类进行讨伐。耸立在大地上的人工建筑，被佛教占领的秀美山川，被人类剿灭的物种以及被人类排泄弄脏的江河和空气。这是我们被放逐的理由么？我们内心的不安与匆忙的神色是因为隐没在后的上帝继续挥动着它的报复。

我们仍然处在世界核心的外围，拥有那最易丢失的肉身生命。

人的站立是生物学上被放逐的特征。

H的考古学是要在空气和海洋中提炼并分解出灵魂的往事。我们的瓷片和骸骨已昭示了生命钙化的历史。血肉和骨骼的粘连是生命背负着的一个奇迹。

赶在水分蒸发之前吧。生命。将继续在肉身之中传递。

一处风景。高山、河流、树木、阳光、云朵，人类意识深处最初的风景。我们宿命地行走其中。

沉重与轻浮，对生命的重力度量。它们对等于生命的羽化和堕落。

人类无所适从的相貌，使人类有了寿命的虚幻的时间测量。

像尸体一样沉默。

每一个人都是夭折的。

在H绝对偏执的语言中没有什么是可靠的。无论怎样的躲闪，哪一条道路都逃不脱虚无的结论。像生命自身的故事，一切都被否定在自我阐述中。

在生物的形态演化链条中，人是那把剑，它和爬行者之间连起一把倾斜的剑刃，与地面形成一个锐角。我们可以沿着这条图形线路，追溯它的历史意图。它是否一样会切开包裹着世界的这张皮。

英雄主义是人类的宿命选择，它必然是自我放纵的、革命的、暴力的、自恋的、疯狂的、嗜血的、生灵涂炭的。它的无上权力内在里复制所有生态的欲望和阴谋。它自高无上，就这样它被放逐在自我追逐的永恒长途。

上帝和佛陀都折回人间网罗人类。

在人类剑刃的界面上映射着我们无上的权力。

我们骄傲地堕落，超越或继续轮回。天堂或者下地狱。

而我更愿意是撒旦。曾经建造过哭岛的撒旦。

2006.12.25　圣诞夜

之二：涤忽·于安

快到站了，H的生活。

心无法超越火车的速度，它无法先期到达，你在火车上，你就得如此追随它、跟从它，无论你心在哪里，走多远都没有意义。

那年于安在途中的列车上向外看去并在玻璃上缩短视线时见到H的双眼；看到、看到了，H在"绝望83题小组"上写下并烧毁的前言："——我的声音已变得空洞、乏味了如同我的陷阱露出底层，没有剩下什么多余的、修饰的，我的长发已飘散尽，我的脸庞已松弛、下垂、苍老、肌腱无力、牙齿脱落，我的世界全部随落叶飘逝，我告诉我，我正在死去，曾经我死在女人那里，为情所害；曾经我死在反叛者那里，为上帝之死所害；曾经我死在政治期盼那里，为民间话语所害；曾经我死在永恒那里，为时光所害。以往谋杀了我。"

我的命运是在边界上，我就是难民走投无路。灭顶之灾已经降临，我永远活着但无处逃生。我只要开始就仍是个故事，我疾走如飞却仍在起点，我大哭大笑、舞蹈、跳跃，疯狂挥手却看不到一丝波动。

世界"禁止通行"。

H仍然向G走去，"可能性"仍在。在G与H眷恋的畸变里，H是主动的。结果如何全在H，H这样认为并仍旧向G走去。H尾随在G的后面，H希望某件事发生，足以打败自己的事发生，也好尽快结束这等消耗，H需要，期待着被致命的一击。这几日常听G谈起"颂经"的曲调如何使G吃惊地欢喜。H看中秃头美女。G还是那么美。H惊异这头野兽的美女面具。你无法相信那是一头野兽，即使你已被咬伤。

在爱的法制里使用爱的禁忌使对象化的自己服刑，并相互促使对象犯忌，并一定使对方接受审判。G的话语中只有H的罪状，G的方式，几乎G的爱的全部方式就只一份诉状。在相互的对望时刻，G和

H都发现了彼此。H不能再回去了么，结局是否重要。一件事可以终止么？

早晨，尤其在一个不眠夜之后的早晨，明快的乌鸦，逐渐明亮的天空是无动于衷的。一切仍要展开，一切仍将展开；投入这一天的，所有被展示的一切也并不会有多少新的可能。在一个无动于衷的世界里，你不会有所期待。

今天要做的事仍然很多——。

此时的H想到那条铁路，那条长度超过了生命剩余的时间的铁路，一条延伸到H的死亡终点，甚至应该比他的死期还要长的铁路轨道。当H制造的两列火车在同一起点分别向两个反方向开出去时，你可以坐下体味到"安全"和"停止"。H这时才真正相信不再会有火车开过来。安全的空间在伸展着。我走了，你就哭了。在那个风雨交加的夜晚——。

H大叫着连同内脏一同喷喊出，在放泄中H缩小意识至于一点星光，其余的一切，一切的一切几乎是全部地在这一声一生之中放弃。

H感到了，H的失态是再次的失败。H几乎因此没有再生的可能。如一个新生儿一样没有再生的可能。"活下去"对H的打击是最大的。

H骑单车快速向黑暗而宽阔的隧道冲进去，愈来愈快，迎面而来的车辆直奔过来，当黑暗与恐惧就要相撞时，天已大亮，H睁开眼睛。

我的身体燥热，蒸腾着潮湿的热气，汗水，如同黄昏中幸福的土地在上帝的许诺声中蒸发出得救和宽恕的喜悦。也许，H感到的是人的发霉。此时，H好像看到这个冒着热气的"异己"有很多很多他原来没注意到的气孔，他嗅到了他的气味，他根本不愿有的气味，人的气味。

欲炽（遇刺）身亡。

H想起了从前《各各他的林荫》，那是H写下的一片关于耶稣蒙难的形而上学的散文。它有一很好的结局，被G毁掉。

H坐在路边，为使自己能落入"途中"，H坐在路边滑向"途中"。绝望地坐在路边滑向"途中"。此时的H在没有任何的迹象表示有一个未来时要流泪了。H曾经说过的"失态"是迟早要发生的。当我写下这预示时事情可能被更改了。

铁轨不再向前走了，我也用不着再等你就能等到你。秃头美女向H走来时，我猛然想起第一次逃离她时送她的诗句。如今的结局如此奇美倒使H相信起"命运"来。如果不是一种暗示，如果没有这一种暗示，G如何在今天成为"秃头美女"？H的心即刻舒缓起来，汽笛声声在H的脑中重又鸣响。H自觉到他的生活有一个说明，有了一个极好的说明。H从未走失。

写到这里我感到在H的内心正深刻地贯彻着一种理想，H一直以其天赋，无与伦比地制造苦难的天赋制造着他的挽歌和给予自己的泪水。

G仍在找他。

H不得不干点什么以求得忘却。如何才好，在蚊香的烟雾里，H的七窍被烟填满，眼里很疼，窒息、昏迷、主动地交出自己、出卖自己、转卖给随便袭来的烟雾或酒精、变卖给任意一物。放弃，连同困苦一同倾销出去，哪怕换回更大的困惑。

H将收藏自己，分类并且解说自己。

那天，H无法摆脱回去见G的念头，当他冲进屋子里看到美丽如初的G时，H一点也没有后悔他回来了。

G在听佛的音乐时那面孔和喃喃随唱的声音，深褐色暗花的长裙从地面向上托起斜卧在地的美丽的G的长颈和头，H惊诧了，这个奇妙的场景几乎使H相信了超验的力量正逼近他的命运，如此才会带来如此的结局。

现在H又要回到她的身边，守候她、听她、看她。

梦里有G的幸福的笑声。

儿时H与G两情相对时，H已将"此刻"锁闭在他的世界里，他害怕这一切会溜走，H害怕G变老、变丑。至此，虽然时光已过，G也不可避免地变老，但H，已将这一切牢固地在每一溜走的日子里打上痕迹铸造成一终凝的感伤，以魔鬼般的邪念折磨时间、生活和世界。如今一切支离破碎的镜像重又罗列在H欣慰的笑容里。也许直到如今，他不需要再保护他的宝藏，它的衰老的，不再存活的，"现实"时，H和G的故事从此就很平淡了。

H回头望去，十几年来他只干了一件事，这件如今已败落下去，不能重新的事，一对小孩的性游戏。有谁在那样美好的时刻需要长大呢？

当世界的方向性模糊时，当道德构造被频繁改建，当神隐退之后，像H这样的人回到"自己"是那么美妙，幸福简便的一件事。对于H的常常"回去"，回到H，我觉得H只有如此。

在铁轨那边走来一只鸽子，你第一个念头就是拿一支枪打死它。它会飞。

人在人的内在开辟了另一处战场，你出现了就面临着缴枪不杀的窘况。H没有举起他的双手，却也无法回头和摆脱，疲于应付的险境正是自己。

其实世界简单的只要你讲一个故事，只讲一个故事。

H伸展开双臂让歌声从怀中飞出，睁大的双眼向内在凝视。哪怕是只一个人，只他一个人，他也深信仍被注视。自我的窥视还不够被命运展开戏剧化的帷幕么？

在H的前方如诉的大雨倾下，泪水随雨水而下，H知道随雨水而下的泪水是没有证据的，H放心地任眼泪流淌，有大雨的掩护，H泪水如注。不留证据。

H在理念上已无法澄清关于"自己"的定义。H被每一个瞬间穿透，被每一个遭遇粉碎，对每一次投降都投降，他无法合拢自己的碎片。

H几乎是透明的，祭献的、优雅的、精明的，几近于毫无意义的善。H在自己捏造的祭坛上奉献自己，在自己捏造的殉道故事里践行它的牺牲。

H的形象犹如一个被中世纪抛落下来的鬼魂，它潜隐在H空旷的肢体里，H一生的努力旨在塑造着这个虚幻的"实体"。

我开始被这样一个顽固的内心所感动。H很可能是那空中的一朵虚幻当H以人的方式劳作着这一切时，难道不是再一种悬挂着的精神么。

我试图证明H的生活的可靠性，在尽可能允许鉴别、鉴定的细节里替H寻求说明。

现在H可以找到不被察觉的理由哭他自己。一处村庄、一个赛车手、一个烈士、一段文字、一首曲调都会使他哭泣，从古至今H一直被打动、被打败并受伤。

"飞头"：上帝死后，天使为逃避沦落为平民的命运而从民间飞起成为永远飘荡的"飞头"。

生活紧紧地追踪H，他疲于奔命，G的仇恨是不需要事实的，它的来源太深、太久、太古老。

对着车水马龙的大街，在那声荒唐、疯狂的大叫声中，H明白了荒唐的人生。H明白自己是错的，甚至于被铸造成错误，H泪流满面。H的善来自于期望一个至爱，以控制和安抚自己过于难以自主的热情和生命，这样H才敢于正视自己的冲动，H恐惧于自己的力量，在虚幻的善意驱动下，H要求锁闭自己，因此他求助于强制。H的自囚是有一个原因的，一定有。

天有些凉意了，秋天又要到了，我的季节，每一片落叶都在叹气。这或许是H的安慰，整整一个季节在一声感叹中在一生感叹中飘落。这是皮肤的意思，那凉意告诉每一寸皮肤。终于不用大脑去触摸了。秋风剑杀，抖动的伤心处似又重演，H兴味盎然。

H的一切都需要一个收容，尤其是那颗太被动的心。H坚持使他的生活保持一贯性。

G无法承受H，G逃向现实，在最起码的称量中规范H的生活，逼使他就范，G的失败在于这样的度量是不合H的尺度的。H并没有任何反抗的意图已使G失败并知道失败了。G无法到达H。H的门是虚设的，任何进入的企图都在开门时撞在墙上。H本身就是个奇妙的装置，机关重重，无人不在此陷落。G的疯狂是它想到要反抗，却无从下手。G翻遍了世界也没有一例症状可用来借鉴以对付H。G最清楚，H可恶之极。

H明白G的疯狂，H培养、激活着G的所有品性尤其是仇恨的品性。H的道路是一件天衣，无缝。H在抽象的靶场上使人们追杀他们自己。

崎岖的有着乱石的山冈，一个梦想在H的头脑中滋长。与这景象相近的是耶稣受难的小路和方济各的风雨交加的夜晚。H被苦难深深地吸引并将这灾难的蒙难的诅咒投向他的生活。

由于身体的拖累，H的心正归于平静。放弃头脑，把权利还一部分给身体的其他部位，每一块肌肉和骨头都有它们自己的意图。"赞美，安拉"我多希望滑落，化成什么汁液继续滑落、柔软的滑落、不必强硬、不必支持。H试着流出泪水来，试着让自己在更大的苦难中软弱下来，H试着投降。H向着G大叫："我怎样才能不高傲，告诉我。"

H无法找到一条投降的道路以求得招安。H不再寻找与自己的意志相抗争的机会。H似乎被自己某种不可磨灭的东西控制着，每一次反抗都造成自己更大的分裂与伤害。

再没有什么比试着软弱更使H感到无聊与可笑的了。

"我走了，你就哭了"，哭吧。

自私是一个猎手，自私的故事就是这样开始。G在捕食。即使你跳进深涧，G会住手么，被激怒的猎手会放弃追赶么，G也是一头野兽，猎手与猎物谁都逃不掉。

一个结局是一个结局么，H痛恨结果。那坚硬地刻写在现实上的判词，H不能认可。现实执意挽留与H执意逃脱的究竟是什么？H认定自己没必要从这里进出，H认定不能在现实中留下证据给任意的判读。

H慎重地行走，小心地不碰触到"结果"，H将一切努力都转嫁别处，逃脱监理，H从人间溜走，H惬意地知道自己没机会进天堂也没机会下地狱。

"故事"是不真实的，生活也因此可以被篡改了。生活是不可靠的。这并非是说世界放弃了那道"窄门"。世界并不是每一个人都可以通行的，现实机制是一种选择方式。机会是少数人的。

老化的H结了果子，需要用力抖落一下。H匆忙地跑上山顶。H的泪珠滑落。天空湛蓝而深远。

H拉上窗帘挡住阳光，再打开灯光照亮自己。如果没有堕落到放弃生活，目前H似乎仍然在"等待"。使一切结果无限地延期、推迟。H觉到生命不论怎样都是辉煌的，生命的迹象就是奇迹，可赞美的，当你赞美它时，你便掉落，一个不成熟的果子。

很久了，H一直在睡，当他睁开眼时，其实并没察觉到时间的变化。窗帘是拉上的，灯光依旧。H认为自己仍然像个孩子，不成熟的孩子，总觉得他还有日子可以去爬那山岗，还有日子，也还有许多事情在未来的日子里。

而今天的事情仍然在期盼中度过。如果有什么事能对H的信心造成伤害。这样的期盼的增加便足以使H烦躁起来。

外面的钟声响起它一天最后的几个节数。H的日子，H不能把握的日子又过去了。

近日H感到一种久别了暴力的孤寂，在放肆的仇恨的生活里不仅仅只是一种满足。H注视着另一种生活意义及生活的一切可能性以及当我们走向"人"时，它伸展出两个方向——人性和兽性。H是H人生化的全部脆弱性的典范。H对"人"性充满了崇拜与爱。

"终止"的事件发生了。H的一致性受到伤害。我们或许可为此种H提供一个更加优美的模型：问题是不可以彻底还原的。H的世界是在此倾塌的，H的内心也是在此粉碎的。H能把握的仅仅是一个局部界面，生命的每次震颤都换了一个方向。H重复地说：意义遍地都是。

太阳下落，光辉依旧灿烂，H的风景里空中两只厮杀的鸽子，有鸟群整齐地飞过，窗帘落下，H回到从前。

H努力"进入"世界和生活是枉然的，H的"进入"是失败的，一切只朝向自己。世界和上帝是善意的，它的胸怀是敞开的，但你得冒着"消失"的危险去朝向它，那个代价是恐怖的，是阴谋化的。

H把还湿着的棉外套的两只袖子相互系在一条竖在墙角的铁管上。

H在这里写他们，都是受难的朋友。无论怎样努力去打开人类的世界，H感到思想也仍然是黑暗的。H的机智在参透世界的同时也作废了自己。他什么也不是了，他想再找到一个支点都不可能。

　　当温暖的阳光再次照向H时，H感到远走的喜悦，H莫名其妙地承担起旁边的欢笑。H的内心仍然充满对生命的感激，对生活的感激。"只要活着"，这是H的唯一理由。

　　H装着一枚硬币上路。

　　H没有方向地穿行在路上，H感到那许诺正在秋天的山冈上。

　　H在工作中。

　　H从睡梦中疲劳地醒来，酸痛的腿支撑着身体起来，H看到一切都静止不动，只有时钟一直在走，H感到时间正在逼近，正在威胁着一切不动的事物，甚至在H睡去时它也仍然跟踪而至，迟早会有什么事情要发生。

　　此时的H好像是为着灾祸而生就的。一种惯性的恶意推拖着H走向灾难的遭遇。H不能忍受平静。

　　现在H只能看见眼睛这个通道并对自己一直拥有的这个漆黑的内在一无所知，H的思路倒象地观望着它的存在，在意欲满足它的对称性规矩之后，H感到正在被分解成更加孤独的几块，而且都同样地不能看见自己。

　　世界里有多少天才仅仅用来猜测这个内在。

　　无论H通过什么样的孔洞走向自己都同样地更加远去了。

　　书上的一块污迹。H知道天边有同样的更大的一块乌云正在滚滚而来，灰亮的天空在乌云的后面放射着沉稳而残酷的光芒注视着H的双眼。H在参透天空的诡计刹那，紧锁在口中的变故正在张开……轰鸣的雷声掩盖了泄露的天机。

　　H一如往日。

　　生活的核心层次处于一个"使用""磨损""状态"，"不进入"或许表明某种对时间的感伤情绪和或许不情愿被时光消耗的天真态度。

H在那一年秋天，在第一片枯叶落下时，开始为一件事而写作："那一年秋天，在第一片枯叶落下时，我收到一个死去了很久的朋友生前托人转给我的字条。几十年来我唯一的愿望就是试图解开字条的谜底，直到今天也仍然没能逃出这个字条给予我的命运。我虽已成人且一直在无所适从中活着。每一次我的信念都在一种非常的虔信中破碎。"

《绝望83P》"我"没有被从传统的"自信"中贯穿下来。"我"被存放在这时的这里。"我"在中途来到途中。世界在几乎所有至关重要的方面都已达到了它的边界。一个人的命运能牵动得了什么？当世界的全部知识赶来处理我每天变换的思想时，我几近于绝望地意识到，我将死于我的思考。

给H留条的人被H称作B，通常B总将一些"这样"的字条放入H的口袋或书页里。H展开其中一次："英雄"，男子的目标，当你将自己射向英雄的轨道的时刻，你已失落在一片遗骸之中，其后你注定就是一个"白日梦"，它的时间误解是英雄的变体。你的一切锗的在舞台上被演员"命中了"。

H的目的是要使自己成为一个修正的结果么，一个自杀的修正，一个绝望的修正抑或是一种超越的修正和希望及理想的修正么。

一个新的开始，明天，也就是说"我"应该迟钝一些、木一些、有遗忘症，一个新的我和我有什么相干，其实那就是成为它者。投降或反抗都不是可取的状态，这两者都是"失态"。失态即是全然的放弃，连失败也不成立。是一种负增长的死亡。一种已越过了冲突、危险和命运的"交代"、一种逃向罪恶的坦白，而后必然是一系列的反词，如揭发、检举和告密。

H在展厅台上放了一大块肉，那块肉在大喊大叫。你终于被压碎了，从所有的毛孔和孔洞向外喷泄稀物：眼泪、唾液、尿、屎、呕吐未消化的食物，是被一个极大的压力致使的。

有什么东西在什么时刻注入你的身心，扎根如此之深使你会哭，会感受到失落，以及它对自身纠正的痛苦。在那个古老的话题里，它培养了"顽强"和"信念"，这两块石头如今得由自己来砸碎，受伤的会是谁？人不可更改的"我"失去了么？

可以为无言者辩护了么？

H梦到一只小狗，样子疲惫不堪，我唤它过来，它在来我这个方向途中向左转去趴在一条大狗身上，那是一条死了很久很久，皮肉都已烂掉的大狗，那大狗是它的爸爸。

迟疑，所有的事都在摇摆。

从未这样显明地无所适从，我的生命，生活是这样的无聊，以至于它怎样的一种选择都可以么？怎样都是一样？没有觉得曾有过的在失去，也没有觉到新的一切会来临。突然间有一百条、一万条道路原本就在你眼前。

我"走"与"不走"是没有区别的，你是怎样在草丛中溜向"天国"，你的身体又在后来被钉在十字架？

生活就是原地踏步。

一个美妙的声音在提醒着使生活浮于表面，你的心不至于此沉没。只有语言，也只有语言可以在如此之长的战线牵连着命运不至断裂。你的灵魂即便是在"生活"的急流漩涡中也仍有一线的希望因那一线的牵连。

世界是对差别的迷信，是被诈骗的、诱惑的、人成为牺牲者。在世界外有一定的真实参照，在这种坐标内世界即"狂欢节"。

节日仪式，世界全然进入仪式之中，「于安」意义上的现世努力不正如此么？它直指形而上。在没有观者的，不需要观者的仪式中超越这无法行走的世界。在那个瞬间世界停止行走。而我却上升复上升，我们正处在那个欲升而落，欲落而升的时刻？

人的不满，恐怖主义、和平主义、民族主义等等。这种过于原始的情绪化来源也许正是对于社会倒退本性的反抗。人相应地制定的解救计划具备无限的可能性。在使人得以平安度过时，也徒增了一份泛虚无主义危机。

H计划，早就计划写完《绝望83P》，样子有些像小说。

那天，在那个秋天的午后，斜阳长长的投进H的肋骨，一个镂空的框架，思想的眩晕追赶着H直到他坐下思考。H拿着这份《绝望83P》。

好像事情就这样简单，一些"字"决定了一些命运。

疲倦的头化成雪水渗透进土地，再也不能拾拢起成为一个太累的头。一份休息，才真的是一个新感觉，如此的死灭是美妙的。

H几天没有再写东西，那几天的日子在这本书中是缺席的。那么丢失的日子在哪里呢？那么你记下的生活与没有记下的原本有一个差别么？一个人的经过，在生活中如同一只吊在井里的水桶，它的命运只有上去或下去。这些文字表明的生活就好像是桶里的水，溅到外面的水。

火车这要命的速度，H感到被动地在速度中被抛掉，他无力跟从这个速度，他经受到的不是速度，而是被这速度不停地抛落在后。

火车会驰向H想要去的地方么？他怎么能相信火车？他如何能相信铁轨铺就的可靠性。那个站点如何能准确地总在那里等待这个不可靠的戏剧性安排。火车没命地向前奔去，它要去哪，H不能肯定。他没有充足的理由相信这个拼命奔跑的东西。

H恐惧，尤其现在正是黑夜，只有声音，隆隆的，使H感到有什么关于奔跑的事情正在发生。

人间有多少奇迹是用来对抗这该死的时光的。

钟声响起，列车驰过，这是黑夜，H躺在床上，心中万分恐惧，打开灯切断黑暗，H睁开眼睛。外面仍然是黑暗的，仍然有火车驰过。

H无法投入工作，奇怪地沉醉在烦躁，犹豫不安中，H随意找来些微不足道的琐事，来放弃更重要的事，H厌倦了。

把权力还给四肢。当手，一只手要伸到窗外去。这是大脑的意思么？当权力下放时，人得以休息。

仍然是《可以为无言者辩护么？》当那个不肯妥协的灵魂逝去的

时候，它就要发出声音妥协给你听。

H今天见到G，G很平和地告诉H，她有了一个佛家师傅叫慧安，说她粉气太重与佛无缘。没有地方能容纳她的美丽。佛也不能。

H与G的关系一触即断，也一触即和，两个方向都在做着最后的努力。

H一如既往，G也一样。不知从何时起G向面前这个异己开战。或许H真的是一个过于鲜明的异己。即使G献出她所有的爱也无济于事。G每付出一份痛苦，仇恨就增加在依恋异己的折磨之中，打碎H的欲望渐渐浮在生活的表层，一个相反的例证。看起来倒霉的是H，但G是在走空了她的生活，有任何托浮。如果它不能在某种力量，哪怕是荒唐的力量介入的话，这个人是死定了。

支离破碎的H的眼睛掉落在山坡的青石上仍然望着那块从地中海漂过来的海水，上面闪烁着地中海的阳光，H想起那关于地中海的梦想，闭上眼。

每天儿子过来握一下那支藏在袖口里早已断掉的手。

关于B的死因有很多种说法。H相信B的死与H现在手中的字条有直接的关系，B一定努力过，尽了他最大的努力去解过这些问题。

难道不死便没有别的出路了么？B是单纯而深刻的，在那张过于稚气的脸上是无法"变节"的，"变节"是可以活下去的。B认定自己走着与常人都同样在走的路，一切是"正常的"。B没有胆量去背叛"合法"的人生，他决不会因此而活下去，可也决不会因此而死啊？H不想再干下去，每次H想突破为B的这些设置，都徒劳地在中途停下。H的信念是破碎的，破碎的足以拯救这个可以去做乞丐而不丧失什么的人。他的任何一个念头都可以将自己带走，不再为自己是谁，不再为维护自己的人格统一而负责。

H可以在任何时候停下来看看山那边一定是大海。那么对于G，H的鲜明呈现难道仅仅是用来对付G的方式么？

只在G那里H才感受到，触摸到自己行走的灵魂，只在这种参照下H才在反抗G的状态中，认出自己的完整性。H是一个废料。至今H的信心从没有燃起过，连火星也不曾出现，只有在H的内心里才在遭遇中辨别出自己的末日。

B被确认死了以后，在停尸间过了一夜以后，H第二天发现，死去的B的枕边湿了一块，在B的脸上，稚气的脸上哭过的泪痕永久停在上面。H的血冲上头爬上山顶，承受不住心脏的猛然撞击而疼痛地哽在胸口——B没有死，并哭了一夜。

H吻了已僵死去的B以后，将他亲手送进了焚尸炉。

H透明地站在窗前，并被随意的光芒穿透，两条污渍流淌在玻璃器皿上，天空浩荡歌声嘹亮辉煌灿烂，车水马龙，少女如春，妓女飘香，H透明地站在那里。

伟大的世界，伟大的不可企及的人间景象，B正来自于此，这是一场预谋，H试着去"起诉"，H曾着手写过《起诉》一书。

乱石山岗上H的周围纷飞着写满B的字迹的纸条，被撕碎的纸片飞扬着它的片言只语。H无力回避这诅咒，H倦怠了思考。思维的途径不单单指向终极，生命可以"在途中"。这样被价值和意义诱惑的终极的天平，将生命丢放在轻浮与沉重的称量中。H听到美酒、美食、美女的召唤，H可以被任何思想撕碎。H寄托于此，显然前后都是无路。

B很稚气地翘起上唇，还没有过经历累及到的双唇，这期间已有点皱到一起了。单眼皮下面深深的阴影线状地遮掩起这对本该很透明的眼睛。鼻子很硬很小，脸很黄，皮层很紧。但比不上这个年龄的女孩的脸那样有弹性和透明。

B有很多H后来见到的字条，B从不与人谈起这些。但却一直将这样的字条发送出去。望一下窗外，这么大面积的光芒刚刚照进B的内心。B想起江边的4，该是4经过的时间了。B很准确地摆弄好额前的几绺头发，轻轻皱了一下眉头，向外走去。最后在4握着B的手时4说就是看见B那时的样子才想到要过来让B抱并摸B的手的。参透这样一副面孔是女孩子的事，尤其是像4这样的女孩子，没有什么禁忌阻止4来靠近B。H后来想起B的童贞可能令4很失望，B是那么容易被打开来。B每每惊讶于4的每一个点子，B从不加任何防范地容忍4的随意喜怒哀乐。4那天说会与B好5年。B后来讲，这段时间其实只有5天。

国际歌声在8点30分准时响起，B又开始想到死的事了。内外都是黑的。每一细微的响动都增加万分的恐怖袭来。B的两眼呆呆地望着窗外，内心的黑暗使B看见比屋内亮出一些的黑天。列车鸣叫着。寂静无声而可怕，B连自己的呼吸声都觉得增加着恐惧。恐惧是最怕惊醒的。这可能在将来成为B的大脑中最主要的背景了，如此沉重的世界在B的大脑里被积并固定。在这张H如此着迷的B的脸庞后面，有一些重要的事情正在滋长发生。B愈发的悄无声息了。

在关于"爱"的一页上B写道："那后面是什么？"当H试解这疑问时，当H捅入异己，一个负向位的你，一个反方向时，H禁不住地说出："那后面是什么？"

女人在第一次就被打碎了，虽然剩下来的时光便是人间生活的主要内容，但问题只在第一次便已解决了，它的"解"也绝没有留在以后的日子里。甚至于在时光中连第一次也被做掉。

H突然感到一个很恐惧的事实，生活就是对人的分辨，只有在差别之中，人才可得到描述，行为的机会仍在，但却，世界是不可以进行到底的，世界接纳的正是一个有必要描述的东西。

H向着世界走去。

B曾在八十年代组建了一支"般地"乐队，但却从没有一首歌唱出。它的全部过程至今仍在运行。音乐的终极是无声的么？

在地铁里、在街上、在路边、在途中，你一定认得出某张面孔，在他的眼睛深处有一条无水的河流，你知道他一定是"般地"成员。

人已死灭，它的内容已被满足，我等于"死"，再死是没有意义的，因此，死也不行。

女人"你不美你就完了"，H说着把这诅咒抛过去。

B的问题是恐怖主义的解决方式，也许只在模拟的层面上。它是个体进行的唯一机会。"存在"所给予的最后的机会。H的词汇是：作恶和暴动，革命与运动。伤害与辉煌，痛苦与人生。

它的实现是虚拟的，使死从来就不是一个问题。自由是孤独。

精神罪恶是无法更改的。思想的萌芽一经产生便得到内在的确认从而顽固到需要表达时，它已罪入膏肓？

你的一切"显示"是在做一种妥协，H《为无言者辩护》的举动就是妥协的结果。

血是充足的，H来到山顶，几年来H很累，在H坐下的时候风也停下了。如同一个孤独的守望者，当光芒透过山冈上，它已无话可讲。

但我们都明白。

《一处风景》人已在任意的处境中《就我的理解它只能如此》有一种虚假的生活，它只能在仪式中假设性的触及事物，佛教，堂吉诃德，精神病患者。有家的人迟早会回家，对于这样的人来说"家"是一个早已约好的事物，因此是回去、回家。回到一个过去。如果你的心不需要一个家呢？"向前"就是一个事实了。

《向前》最后至此的绝望来自于我仍然以我作为人所具有的全部特征证明"活着"。再奇怪不过了，"我活着"。《谁来作证》没有材料就无法证明么？为没有"迹象"的人作证，从前，"有个人——死了"。

这个公式可以概括掉很多人。

走失是非对象化的，异化是它物。《革命》一切革命与反革命都必然是修正主义，革命事情发生时是稍无声息的取代。当我们看到它时，我们已被淘汰。

革命发生过么？《爱》足以引发世界混战的东西。今天可能被偷情取代。《青年》仅指男人，虽然你年轻，你不是青年，它的本意是不"重复"。《少女》是流氓的还是人类的标榜？《旧人》在它的所有指标上都已成为实现过了的东西，我们不过闪烁着同样古老与陈旧的光芒，你的英雄心不死，你已被害。道德改造的反作用力同样有效，因此犯罪是合法的。《被害》。
思想是黑暗的。

情节是没有意义的，H不认可情节的意义吗？生活的变节，情节无法纠正伪生活化的H，H在大失所望之下，退回到一个最基本的状态——活着。

今天可能是元旦，新一年的第一天。在时间的划分上，这是个容易重新开始的日子。H仍旧没有去揭开窗帘，H知道那后果就是崭新的并充满光亮。H沉于黑暗、沉于他自己。H需要救赎，需要更大的救赎。因此他更加重了他的堕落。

人有那样一个目标——那里是不劳而食，行走如飞，自身不再是自身的一个消费者，生活才告一段落，只在这时生命刚刚开始了它的意义。在此之前人的意义必然是兽性的。

G紧紧抱着被打碎H的头在过于残酷的瞬间里周身散发着爱，深爱的光芒，失措的怪兽G惊诧住所有滚动的往事，爱照耀了一切，永远如此，千古不变。

H把自己赶向另一个祭坛，无论如何，H的命运是为着牺牲。死了并不能了事。H的身体很坏，已承受不了汽车和火车的速度，一切都是那么勉强，H快要完了。如同化掉的冰块，H收缩至一个闪光。全因为H终于病了。在H的病历里，这样的征兆就已是大病了，连同H称之为精神的衰弱。H的身体成为不可触碰的沫泡，H使自己深陷这境地不知用意如何。

H在历数自己的罪过时，把自己生活化的每一件事都看成罪状，一种荡涤的感觉冲上大脑，H在洗濯自己，心系何方。

有基于现实的上升么，没有语言的生活会有这样的生活质量么，基于语言同样是基于现实么？

在远望G的日子，G在H的怀念里重又美好，怀念——使所有的被怀念都美好起来。

H对于G的描述基于幻觉，H惊诧自己得出这样的批判。千百万人的生活还不能够修正H的虚妄么？千百万人这已足够使H回到现实，更现实的现实。在H上升时，他回头看见一切在瞬间化成朽木。

H简单地翻转了一下身体便掉进墓穴，广阔的天空霎时成了窄窄的一个盖子，死亡终于使H逃脱了自由，天空依旧透明而光亮，H却已能在此时此刻窥探它的黑暗与沉重。H也因此有了重量可以慢慢地沉入地下。

我们看见H的核心在苏醒中等待睡去。

也许某一天我会加入到这个行列里去，在唱颂的人们中间。H为何举步不前，H的信心，对于命运的独自体验，不借助于唱颂者的导引，这成为H的弊端。H连许诺也不再有幸受到。H在没有希望中，H将与何物为伴，H、H、H将成为何物。

顺着远望而去的眼神，H逃向山谷。H正在飞奔，我看见满目的霞光撕开H的身影，"H脱逃了"。

阳光照在屋内，桌子上的阳光比外面的光芒更强烈、显明。窗上的玻璃成为太阳的四支眼睛向屋子里望去并随同带去更善意的阳光注视。

H愿意就这样坐下去并永生。一会他却非要打开门走出去，遣散你心中的一切，如他的长发一样衰落下地并粉碎。H是好美的，太多的事务在H的眼里都是太美了，任何地方都可使H驻足，H被"存在"感动。H持有一张刻印在灵魂上的万能通行证。H为何不投向上帝的拥纳？

情节打动不了H，对"存在"的非凡的感动使H不分善恶，不分清白。H的灵魂是谦逊的，他敬重一切。

门被打开了，H完全暴露在光天化日之下，被阳光穿透身体，H感到温暖，这似乎是另一局审判，人间审判，没有上帝的缺席的审判，H喜欢。H历经磨难、喜悦、感动，历经喜悦与感动。对H进行分析是残酷的，H经不住道德的或人间尺度的测量的，因他的一切都如同在向那个顶级造物主示威，他是把一切做给上帝看的。

没有证据，即便是H将一切暴露出来也无济于事，上帝没有证据处置他或者丢失他。H的生活是策划出的，H指使自己的生活达到这种独立的诡辩。他希望连上帝也无从审判他，谁拿他都没有办法。上帝没有证据。

H的前沿意识是一个弥天大谎，撒旦的变体，一个不易被察觉的魔鬼，隐藏在被机警和智慧滋养过的大脑策划过的生活之中，每每得手，H无从说起地妄笑起来。

H在自己的生活里试图重建上帝的通道，在曲折的不归路途上构造他滑动的城堡，他使生活不再乏味。H有精力承受或者必须承受由他自己以命运之名制造的故事，H希望达到的结局是镀了黄金的。它应当挥发另一种别样的光芒。当天亮起来的时候，H闻到朝阳的味道，他说这使他有些兴奋。H愈发的注意起阳光。喜欢看落在任何地方上的阳光。

不再谈H的处境，在一个风和日丽的今天，向郊外走去的人们如潮汐般奔涌，咚咚的鼓声和心跳敲响H的心房，向郊外去。

H不能确定G在几公里之外或者更远，但H确实闻到G的月经味，并分明是看见了那血红色的惊喜。世界是不会有新意的，H也不会开始新的生活，一切的味道都乏味了。所有的一切我们都清楚都明白甚或都清楚都明白。为制造出某种节奏，某种在H看来没有结果的事物的预感，预兆。H看着明天。H双手紧抱住头，双腿的神经踏实在地上，时光正悄悄走过。

H常常坐等天明，当他看到黑夜的天空时，他想起等待天明的那些日子。此时H无聊透顶。有一道霞光在早晨升起时撞在路旁的铁轨上，不详的迹象应当远离开了那个火车轰鸣着奔向各各它的林荫，大街上熙熙攘攘飞机的角度正好看见刚才写下的话语，一本敞开的书本反过来叫文本，它隔着海岸看见塔西提人的虚伪这不公平，记得此时躺在桌子上面的台灯很无辜地被充了电以后就远去了随着光线么？时间划破空间，因为那支表正在指向12点中午的后面跟着一个围着房子跑的小孩子。H急急忙忙地赶路生怕墨水没了。一条红线逼你冲刺迫不及待地翻过山冈来到海岸满天飞船正追赶一朵白云经过一座城市后不知去向而且我想到正要赶上去看一看那里的节日。

昨夜的枪战响过之后我记得人们四处奔逃。一个男孩色眯眯地盯住一个女孩看大家都在开会，一串铃声把我惊醒。一个莫名其妙的电话传来一个莫名其妙的想法不知所以然的要等那四个橙子的故事可能一样的没有意思。炉子灭了只剩下四个眼的火光把它藏在地下不知现在是否还在喘息。香火绕过门楣翻过房顶飘向天空佛祖高兴那里万片光明我看见回头时耶稣在墙边亭立。我头顶发热四肢无力好像灵魂走错了通道在我的身体里错轨在头顶上打洞飞离出去树上的小鸟可能明白我的心思此时它说了什么在空中的意思只缺少一个译者，今天放飞了一个心愿不敢期待结果在佛的面前，内在定是如此可那里美好如何能不去看看其实心里知道全是我们干的把水搅浑了，有人观望H感到好受现在只有小鸟爱听并不停地说话脸还没洗还想虚度今天的28小时，该做好的事只有几件其实也不太相干，有重量就飞不起来就此陷在大沙发里腿放在火炉旁边打盹时一切降临这时H想到要感谢性生活的故事映照出H的黑暗和陈旧的往事如国王一样威严与孤独地忆起多少风险的经历他带回的是满身伤痕。如今我们老了可还期待着奇遇和风险为使自己与人同样才想到要有一个温暖的家。有所爱的人是可恨的他拒绝了除此之外的一切。

踏上心跳的鼓点，让歌声从怀中放出，黑夜正地降临，塞壬的腰肢泛出黑黑的水面，轻轻的我的心正在想起你和我。

在顶端并没有门，前面只是路。

今天没有在早晨看见往日的阳光，小鸟仍在那棵树上像平日里一样得叫，天空是沉闷的，向上看去时你不能确定它到底有多厚，就这样的压下来在你的头上。要不了多久一定会发生些什么，这样坐等事情的发生吧，不要着急一会就好小鸟说话语无伦次今非昔比了我已经苍白无力，可能在响声过后一切会从前一样。一会出去买烧饼吃饱了活够了看看还有没有新节目，你会作戏，但你心疼你不是职业演员因你要做一个从前没有过的人这事我也觉得很难办干么找了这么个事想起来都伤心你本来挺好的如果说你不好你要回答这是你的许诺，上帝也在撒谎全为了脸红么？难怪天堂里霞光万道。还是地狱好，它太真实了，不用追求只需向下一跃便还世界一个本来面目。

H睁大眼睛时世界已经安静下来了，就在此时H感到自身的重量。

见不到阳光，天是亮的，远处有号子声传来，进到亮处，生活在那里。

大街上有七把椅子月光照射着它们留下长长的影子。H的笔迹已停止了。于安在跨过H时省去了很多本该浪费的时光，3月6日就这样滑过。

不间断的反省？你看到自己时不恐惧于你的分离么？如果有一天于安在生活里忘记自己，于安的故事就完结了，而这件事此时此刻还在发生。于安，一种早已分裂的事实表明，你完全可以在任何事件中在任何地方上发现于安早已分裂为碎块。问题不在于"于安"的忘我生活。于安似乎在破碎的，由自己打碎的镜像中整合他的内在原型，一个有着伪装的内在。世界的成像对于安来说无疑是一种歪曲。"于安"不能任由外界来处理他，"于安"是绝望的。

没有被记下的日子可能是最重要的，当生活被无意错过时你才在其中。于安回到灯前坐在这里要记住生活时，生活早已远去。在前无终点后无始发的"途中"于安得以消解他的诘难，无论于安怎样飞奔都不用顾虑撞在目的上。一个远程的目标只在早晨等候夜行人。到那时朝霞满天，阳光四射，当于安穿过茫茫黑夜此时洗脸的"于安"回头看见夜色中消逝的H。胯下骑裂开在大脑里空间太大双腿举起漂向天空翻转眩晕冲上眉梢在黎明时"于安"还要赶路。

"于安"的冷漠，内在里冷化为拒绝一切的结果。销毁所有可以被辨认的线索，"于安"希望自己就是一个突发事件。

"于安"停留在守望者的阳台上，阳光下低头《阳光下审判》。

"于安"坐北朝南从居住地向外望不出去直到额头皱起，眼光爬上门前的树梢有一群喜鹊在叫高速鸣响的汽车穿过空气我家门口是一辆朝向飞机的三轮车。

13号过去了，在白天还是黑夜里，一个人安全地滑过这样的事不一定每日都如常发生，闹钟的催命声敲响"于安"的节数，见到末日来临前的于安了么？假如在"于安"的身边砌上四面封死的墙。无话可说，"于安"没有故事。

可是"于安"甚至会在一个字眼上堕落向生活，无偿地沉湎于消耗上。高速公路上飞驰的汽车在"于安"的大脑里穿行了一夜。"于安"空洞的头颅早已被某种"意外"干涉下改良为一个承担含意的现实。有如史怀哲尔的肖像被和平的力量所指定一样。

白天的大部分时间"于安"骑车在路上。在途中，地狱的景观是内在的，此刻"于安"正是。如果有一天"于安"再度飞翔起来那必是魔法化的飞翔，不可更改的"于安"视地狱为家园了。他每次上升的努力都如同被翻倒的撒旦般被重抛回地面，在心中粉碎。

"于安"满意这结果。

"于安"那副永远都整装待发的样子。欲飞的鸟儿是不着边际的，它不属于任何地方么？

圣佛兰西斯克，今天，在多年以后又重提起，在B那里永远地以情结症状浮现，那个辉煌而悲伤的影子在黑夜里，"于安"拒绝行动，在一个明显没有结果的期待中，一定注定将失望的期待中会有什么？自杀并虚无。还有更加绝望的堕落么？更卑鄙的是"于安"时时地注视H，在如此观望下，又是什么都无法发生的。于安试图进入自己，这是无法实现的。在B死去以后，"于安"在另一种状态下重蹈覆辙。"于安"要干什么，直到现在，我并不知道。

"于安"能够选择么。

现在是晚间台灯替太阳同样给我光明与温暖的阳光熄灭了，冰冷的指向施出魔法骚扰你不可再说我佛说过那是执迷。谁把世道搞乱未免太聪明太智慧了，太智慧不过如此闯下大祸开一个国际玩笑令世界今天仍在解答你的荒诞命题。把自己练成黄金也不怎么好。

我们看到一个欲逃脱情节与生活的灵魂孤独而惨淡。在这个小屋内唯一在动的东西是向着天外飞去的香火和时光。于安能够得见天日么？

"于安"能接受这种荒唐的停止么？放弃自己？"于安"大叫"我并没有错"。当残酷来临时你必须更加残酷么？于安。打字机赶上死亡的频率跟上命运的节数，匆忙快跑时于安心中不再有恐惧。合上吧，不愿看自己。

似乎不被记载的日子就被错过了。生命如果不被忆起也同样被错过去么？身体的运行之外，语言是多余的？有一些言词正是身体的空虚处么？并在那里无节制地滋长。

H与G，当我们面对时，我就是现实。恐惧、仇恨瞬间在相互的凝视中被揭露出，在无奈中折磨彼此。

"于安"放松时看到满天的欢乐。"放弃生活"在"于安"的举止上已经见到，"于安"的消沉。整理好一切仍在等待。

时间快速地指向那一刻，该使我明白。生活在追击下消失。一个不可停顿的心无法等候生活的驻足。一个人的生活算数么？一个人的生活算数么？没有证据，人的证据，有人作证。即使你不发言，世界知道有此公证。

"于安"必要制造出证据，天才的证据。

B曾逃离过，那天的出走是B策划了很久的，B欣喜了一会就被善意地赶了回来。B不敢激怒自己，B的武器是他的发问"石头怎样和棉布自然地协调过渡"。这不可解除的刺伤使B的聪明终于将自己的痛苦投射给别人。急于像医生一样解剖B。B的出走，B的死亡，"于安"看到火是怎样熄灭的。生命是怎样在不能通行的路口上走回头路的，死与生在同一处。

现时代很好，很心满意足，种种迹象表明，世界会有一个类似开始或结果的事情发生。人们已不认为世界还有很长的时光可消耗，世界倒计时。

多么美，真的太美了，G，内在的又是多么混乱。

"于安"坐在阳光下面，他热爱着的生活在爱的极致上停止不动，看到的是画面，听到的声音是音乐，"于安"坐着不动，生活停止不动，阳光在滋长。

油菜枯黄，黄花凋落，大脑浑浊，挂在树上的在流泪，放在盒子里的在嘀叫，坐在床上的想有思想，这样死掉的人变成有思想的黑蚂蚁文字爬进厚厚的书籍。"于安"要抓住思想时，世界一片空幻。大脑一片空白。未被发明的罪恶。

向着人性所开放的一切可能性会有一个事先的判决么？

好像是久违了的，或者是久盼的那声雷终于暴响起来在风雨交加的夜晚"于安"应出去随雨点落下并消失进到松软的土地深处一定有许多故事非要感动人不可而风太大那声音让"于安"想起走失的小孩。

也许在"于安"的意识深处，战争警报已经响起，也许只有如此"于安"才能醒来，才能被某种紧迫的声音惊醒。

在这等待审判的时刻，离开文字有缺乏证据的嫌疑么？意义一定是一定的评判，生活的用意即是要求接受审判的意志以及承担审判的勇气，它的前身，一个古典英雄的摹本。

"许多"很有意思的名字""许多的状况是不好的，以往的生活在"于安"的早期已近崩塌。"许多"发现贴进内在的愉悦与惆怅。

"许多"以伤害来试探生命，有如拿锤子测试一件瓷器。生命有可能在试探中被粉碎。

精神如果被涵盖在日常事务中就是虚假的，它的形态应是奇特的，只有在所有意向都指向精神时它才会出现。精神是唯一的，它不能流失在事物中，流失在日常事物中。

在屋内，屋子成为你身体的外在边界，只要你在屋内，无论作什么就什么事都没有发生。

在这里生活虽一再地被讨论，却仍遥遥无期，在手指间滑落。"于安"的高贵仍不屑于留下任何痕迹。不在话下。

如同翻过日历一样，过去了。

"于安"终于使自己累得躺倒下来，大脑里的双眼仍看得见树上的鸟叫也仍然还想着汽车的鸣叫。平坦的世界平安无事，可以安眠了么。

H的状态令"于安"不安，虚弱的意志，消极的心态，虚荣的举动。假如我正在途中。

H不由自主地奔向G投向那个远去的少年，那个承担着20年恋情的少年。

于安看见。B就怕黑，可那一夜一定很长。B的两道死去的泪痕在我心里永远挂在B的脸上。"于安"也曾认为与G的事件可能指出了一件事。结果也许是重要的。

如何计算出结局的寓意。于安的机智险些将他的真实,两个人的真实重新编砌到文本的意义上来。H与G的结果已经就是侵害的产品,假如一个戏剧化的结局令"于安"满意的话,那么不知情者的意义呢?

逃避一切鞭策,在H与G的生活里变得尤为重要,真实,一种从未有过的真实。

"于安"没有走出自己的生活,生命与生活紧紧咬合在一起的完整意思迫使"于安"无法肢解自己的生活,"于安"的完美是一致的。伴随着这种完整的一贯性的是"于安"周围遭到破坏与影响的人和事。

"于安"是一个没有原则的人,"于安"在一切的差别中仍然能分辨出将爱投射到万事万物的"于安"么?

死掉

很难讲"于安"是如何将被击碎,"于安"的优越素质将杀死自己。

第一声鸟叫便使"于安"暴露无遗,天已大亮。

H浮夸地飞起远去。

每当钟声响起,上帝的关照便已降临。

热病侵袭一样H周身冒着热汗,脖子僵硬的抬不起头。向天空望去时,星星闪动,H担心再次见到流星,躲回屋内。

真实生活的代价,便是将一个人活生生的,便是将一个人活生生的摧毁么?所有的参照都证明H的失败。H面无血色怅然神伤。H将花朵压在书桌上,将最美时的G放在最醒目的地方。H仍然去树林中采那好看的黄花。H将大部分时间用在整理居室上,为把自己吸引在生活上,H不惜代价修饰他的处境。即便是到了地狱H也仍能指出天边的彩霞。有谁知道"无语人"的故事。

没有什么,几乎不会有什么方式可以追踪得到H与G的历程,H与

G表现出来的远没有实际上的疯狂，对H与G来讲世上根本找不到能表示他们疯狂的关系方式。更加激烈的方式，H与G的生活是他们奇特的真实的一个简单模本。

生活因此并不比H与G本身更有意味，尤其是G全然不在意生活化，日常化的任何结果。

H恐惧消失，H不放过使每一个人成为印证的机会。H急于将"事实"袒露给人们。他要，他终究要证实什么连他自己也不知道。失去证明，比失去"尊重"更残酷，也更不可忍受。

昨夜，多云的夜空，当满天飞动的坦克被炮火击落后，于安抱起不幸失声大哭。

路经地狱同样不可做声。

于安没有放弃，G最后还是回头与"于安"打下去。谁也不肯换一种方式，那新来的总是过于陌生了。

虽然很痛苦，有流血、悲伤和破坏，但G与于安都已习惯了。这里太安全了，即便是接近于死亡。

精神在事实中应是鲜明的，它绝对不同。

英雄迅速地成为标本。个体的满足即是文化进化的满足。思想永远是生活的界外活动，不可做生活化处理。

纯粹的人提供了一种关于生活的新形式。

雷声滚滚而来。响亮而优美，大胆的夜色正有风雨欲来。H愉悦地坐在窗前，灯光下无聊。

早晨一支麻雀从H的大脑中穿过向着蓝天的右侧飞去。H头很疼倦，昨夜的暴雨使H身体不适。直到两天以后，于安才从这场混乱中恢复过来。于安不能确信G的结局。远去的G留给于安更多的愁怅。G又给H留下了太多的伤口。刀刺入肉里也无法到达对方。

于安的可能性就足以使G恐惧与仇恨。

开始有落叶了，听说在耶稣死去的「各各它」就地建起了大教堂。人们终于再次用信仰掩埋了耶稣。

得到休息是许久以来于安一直期盼的事，你不得不遵从你的身体，在此之前于安几乎忘记身体的存在。

H奢侈地点起两盏灯，光线柔亮而优美。除了再生活下去H还能干什么呢？

"于安"动也不能动，不是为什么，也不是不为什么。

当一个人掉进生活时，思想重新承担起救赎生活的功能。H有一个感觉，如果他不能够不时地回到这块反省地，它几乎等于死亡并被自己忘却。这是很致命的一件事。对H，它常往来于生与死之间，沉醉于消失之中回来时犹如如梦方醒。

语言从人间撤回来以后，荒芜到最幸福的时刻。

G藏在屋子里，带着匕首。

左肩抬不起来身体很难受，头部受伤。G抱住被打碎的H的头瞬间里散发出光芒，在这残酷的瞬间，G、H在晕旋之中在相互挣扎中只剩下残忍的爱。

H躺了很久，再次来到外面，天气很凉、很阴冷。但H仍感到很明亮，毕竟这是人间啊。

它达不到。H的脑子受重创的伤害，它想起了什么却达不到它。在纤弱的思绪中途被疼痛中断。可是，虔诚的心会达到它的翅膀。飞起来的时候它生长出翅膀。

H注视着H，是独自一人。

哪怕是中途死掉。H承受着，雨水从天而降，滴滴敲向大道，灰尘再次逃回土地，上升再次失败。

九月的最后一天了，人必须被超越，否则它是什么我一直沾满石尘悬挂在晒衣绳上等待的这场秋雨终于下来了。那份期待也终于被洗濯再没有证据能追索到肮脏的不快。不知不觉中H忘记身体而睡掉，睡掉身体。

H仍满怀感激地望过去，于安发现H是耀眼的牺牲者。

是什么如此撕裂你的心痛而没有说辞。H不愿闭上这双早已困倦的眼睛，睡去、离去是很难的事。

H给D通了电话，D很美，很久以后H发现D的忧郁，在那张活泼的脸后面，在那双美丽的眼睛后面。H执意制造并要看到的就是曾经发生在G身上的眼神，每一次的不同都只为在不同的脸上辨认出它。否则不罢休，这就是H的方式。

H将自己扼杀在无法封顶的滋长之中。

生命要求结束，游戏等待收场。与D还有机会么。

生命是一部《现形记》。

"断裂"一个不能再美的字眼。生活就是逻辑陷阱，在不能收场的游戏之中不用担心了。没人能逃脱。

H的屋子里没有表，而时间仍然紧紧跟来。

阳光在外面活动，H幻想它照进身体，身边的一切都是潮湿的，它通贯我的身体犹如一条破船被湖水注满船舱。我停泊在床上。

回到一个确切的日期，几天来在不知不觉中渡过，离开某种鞭策使人倍感心慌。H觉得自己挣扎在日期的清算上。被忘记的日期几乎就是一种生活的否认，没什么印证如同日历这样铁证严谨。

右眼皮不停地跳动它有一个莫名的说法好像在图腾后面的老太太用尖尖的手指泄漏给一个小孩子的秘密从此眼皮一跳便立刻看见它。没做完的许诺使H站在等待许诺的地方自己去期待，完成什么，都旨在完成自己的期待，远处会有人在等么？有谁作证。多少事情是反弹的自我。惆怅的平滑空间只映照出自己，无论怎样的努力也达不到，进不去。我比H更深地落入"状态"，几乎没有反省的机会。

匆忙过的一天仍然是19日，每每这样翻过生活的页片只有血和泪能渗透到下一个日子。我们只好看见液体才透过昨天。

H与G的游戏是不能终止的，也就是没有收场的。刚才在途中车轮飞过夜色的时候H继续着这一说法。H被爱成一屈从，屈从于外在的明显塑造。你能无视异己的要求么？

我就是死亡，吸血与黑暗，仍然以"死亡"寄存生活。空虚、黑暗、死亡就在存活的世界之底看着H而鬼笑。人是无奈。惊异，H只有惊异，语言的空洞是什么，贫乏是什么，把它"说出"只作为一种方式，静默、祈祷、内省，惭愧等作法在进度上是同样有效的，甚至比"说出"更加真实。

H看到世界被分解为各自的物化起源，所有的事情都纷纷自行瓦解。H找不出理由去注意情节，生活毫无"说"的必要。H也不认为世界线索向着臆造的悖论伸展至今，H认为只有这些。新的启示录。一定的基本现状产生问题。人才开始走动。活着的只有生活没有别的。活着即是面临现状。

什么是可能被谈论的，相对来说简化了的生活如H。对我来讲世界是一张嘴，或者仅仅是一幅嘴脸，它们的意义无法知道也不可能知道，但它们真的需要"谈论"，需要谈论"人"。

在H与世界之间相隔甚远而上帝就在眼前。H在自己之中生活着，如同纳喀索斯在自己的影像之中。H生活它自己。

黑夜在打瞌睡，H没有机会走出它的空间，H对外界深深的失望产生的不信任消除了以往的一切努力都无法建立起通道也许有一条线索可以摸索到一个亮丽的光彩令人振奋一时便——。还剩下些什么，H无力提及。所有的意义都产生在"被谈论者"的关系式。上帝也产生在人群之中并且被人召唤出。

每一处，每一件被写过的事物再一次的相遇时从事实上滑掉。H看着窗外的阳光想起曾经的阳光，"此刻"在打滑。

许多事情如H的故事在发生，H不能有意篡改。在很微细的感觉上H与人的约定是有证明的。

太阳心。

世界仅此而已，此路不通。

抵达进入你如世界般沉重与轻浮，你必要满怀感激而不可与上帝并行，这是停止在最恰当的一刻。

蒙难的历程途径的是你。

阳光穿过来你被洗劫一空，你只剩下感激。

扭转一下台灯向世界望去，不被世界关照，H心安理得。

思想的眼睛跟踪着它的注意向外走去。无论到哪这只眼睛都紧随其后。H站在镜子面前，眼睛和心双重地看着自己的面目无动于衷。思绪和视力不停地在镜面上打滑，然后迅速折射向内在穿过这框架照向外面的每一物种。我看到的两支眼珠孤单地停靠在窗台上。还不如在黑夜里。眼睛和心同时隐蔽的更好，差异的感受仅仅是内在的。

"被谈论者"是"被证明"的机会最多者，其生活化的最为明确的应答。黑暗里心被掩埋，不被发觉地沉入悲伤和孤独，可能没有发生？没有迹象的事件可以丢逝了。

翻开这一夜H曾经穿上了鞋子走出自己的视线很远，空气是固化而厚重的，我带不动H的轻浮，无处伸展。回来后头疼，今天世界只有这些。

非说不可么？我们看到时，能看到时不是一切都通晓了么？不再言说时一切的意义已在。我是一个知觉的结束，知觉的终结，知觉的目的。别出声，一个响动即是一个混乱和问题。H站在床前向着墙壁言道：我没有问题。墙壁哈哈大笑。B在激怒中向着远方冲去，扑倒最近的，距离远方最远的一个。

H回避其他的真实身份和事件，H闭锁住自己不向外走。H生活在充满弹性映照和折射的虚幻里。但每一眼风光都隐含着无限生机。它可能正在言说着生命的秘密线索。

H弯曲在河岸边盯着远处的天空遮挡住水面的消逝，一支尖叫的飞鸟吐出热气向冰冷的水雾挑衅状地翻腾。笔已插进大脑，旋转的工作速度没有什么指向。

我看见过对世界的肢解和H的崩溃。而我如今想终止世界正在进行的辩证的发生正是终止我和H的表态。我穿过H的内外。生命是生命的空隙，透明闪烁被虚无挤压成形。现如今躺在这里我的床上的H正疾笔如飞。丢下身体，灵魂装扮一新。

我保证没有什么惊醒这处风景。人会作证，这根本就没发生过，虽然曾经有过明信片。世界坚持它们自己。

要多大的代价才能把人驱赶到这里，H站住。

阳光来到门槛，脚把阳光踩得很温热，阳光下的一切就该欢唱么？

死亡不能终止痛苦，痛苦是没有极至的。

至深的痛苦是关注的前提。在H的生活里，世界是附加的，现实是附属品，虽然现实就是世界的文本，甚至H自身也是附属的。

头痛。

现实在疼痛中清晰可辨而确凿。

我只能无言以对么？

无言者踩中了自然的节律。H古老的内心，那片山冈，那处不再游走的死水就简单地取代了没有临近的风光么，未来不仍然是我们早已放逐出的内心私语么。

宗教般的关注不能有它者在场，有一点的观望便全然的失败。

H似乎正期待什么破门而入。"期待"却以拒绝的方式期待。

世界上什么都没有。

有更加彻底的绝望么？H滑落在地时被摔得粉碎。H无意中醒来继续躺着，死掉是很美的，H由衷地感到阳光只降临在死者身上。

耶稣的蒙难正是那最后一句话"上帝别抛弃我"，它坚持在最后使用语言来修补了它一贯的精神分裂。对于"人"它没有半点超越，它从未放弃人，全在于这最为人间的话语了。耶稣基督。

H的双臂紧拢在向上的壁面里，闭上眼睛，世界在偷看。

活着是侵蚀的方式，H疯狂起来声讨"活着"。在H的思考里命运是如此精确容不得变动。

于安策略地把天国挪入地下。

如果我爬在草丛里我是什么得由狮子来说。虽然你喜欢草丛和溪水。

有天使飞起，临近傍晚时它终于掉落。犹如在空中碰壁，这一群都纷纷掉落，在上帝死了的那一刻。H在它自己的事态里没有撞上任何羁绊，而惊奇的是它居然能够不撞上任何的羁绊，上帝何时留下这道缝隙令H如此的幸免，无论H怎样的步伐和举动都无法所有遭遇。这道空隙是H自身的光芒所应有的，它的辉煌不超过了莫西走出红海的时刻么？

H孩子似的大眼睛询问出个个惊异的不解。H正在担心掉落。其实H永远无法继续掉落。H走空了它的世界，H正在掉落，H正在担心掉落。

于安承受着它的一致性，我能放弃它么？我能坚守堕落并等到由最后一个举止来完成生命的整合么？我们不可相信生活的允诺，更由于不可预期的死亡而夭折。

于安没期望过明天，于安正在制造的这个消失的假象同任意的死一次一样杀灭了一切人为分裂。死去更为完美地实现了"活着"。

无论死掉还是活着同样被鞭策为单一的"发言"。H对自己的简化处理成为它形态上的道德特征，这种状态持续到，H将这情态理解为轻浮的道德选择为止。

不是看待自己是"什么"，而是注意自己"将是什么，而不是什么"。生命的整合以及全部道德律令的可能性走来时"此在"和"已是"相反的成为虚妄的。

那些无意之中颠覆了世界的人正是没有"立足"的人。不需要支点，世界仅仅在一个观望之中倾塌。被一句话说破。

H认为：信仰即来到前沿，信仰是一最先的态度，H意识到仪态指的是什么，在生活的最前沿它表示着"你"介入的最初"身份"。

H重新浮现上来，人的任何反应都是破碎的。人仅仅是人的可能性。没有改良的机会。也许步步踏空。

酒精过滤出H的所有伤口，所有的过去都张开鲜红的口。H无动于衷，如今的伤口也仅仅是在谈论一个过去，或者是H的过去，H怅然神伤。它们不再次开裂并渗出血水冲淡我的失望和惆怅。

在途中H写下一个不祥的结论，生活是无法立足的，它没有一个点可以使人驻足和终止。自杀是有意义的终止。生活在"远方"，遥遥无期的远方，只有无理地终止这场生活——自杀。

H一个浸满毒液的孤本。

晃动的H念叨着纳喀索斯缓缓走回1603，空气不畅，于安想望的热爱生活也是肢体层面的愉悦而已，如此生命也是在原地踏步。

D的出现说出逾越的可能，H每每望眼欲穿的或许正是对生活平面意义上的超越。D的年龄，表情，面容都是遥遥无期的，没有任何现实意义附加其上，H攀援的正是现实所永远无力到达的，而且它根本又不是虚幻。空中回荡的总是那同一句允诺：我爱你。

爱是把你的事情放在你的身上，并使恋人可以抚摸到。

唯一的使形而上现实化的途径，在一个追忆化的世界里将"想妄"真实地发生并在此一过程中也使自身更加真实起来，因此恋人便紧紧抱住不放，他们捕捉到的一定是、就是——生命——飞逝的生命。D我爱你。

我就是门么？我通过我？

我所能触到的是一个多么狭窄的地带，辉煌的H的日子仅仅发生在那个有语言帷幕锁闭的平面上。其实从来没有过观者，没有过参与者，H的命运仅仅是它的一种妄想，一个虚门。

于安空洞的眼睛在现实的折射下闪闪发光，这一夜不时传来于安的嚎叫。

于安没有办法应付必须由自己开始并结束的所谓遭遇。

于安平躺在光天化日之下，任凭自己喂养的错误啄食自己，却死不掉。

于安痉挛地抖动它愚蠢的一生，看到它飞速反复的生命。可以终止么？

如最初的景象，于安重又展示在判决之前，死可以更正我的错误么？我多么期求一个事件，一个邪恶的事件降临我的命运订正这个故事，有什么样的惩罚能够抹杀于安的存在。

诅咒已经生成。

之三：群居是一种恶习

群居是一种恶习。是生物进化中品质的衰退。在个体中藏匿的习性在群居中仍然被保留下来。其实每一个体都早已暴露，并在群体文化中被事先说明了。

个体的失败是以拒绝合作来隐藏并自保的精神流浪。或许就根本找不到得以独立成形的任何希望。在已生成世界中不存在隐藏和秘密。可以说肉身阻塞了生命。个体的基本特征是否是种族上古老的宿怨？起源于某种被迫延长的事故。

符号是压制和刻写在生命页片上的。现实被压制进入一个可以测度的界面，首先被运用来推演现实走向。这是人类特有的冲动。

绘画是精神私语，由虚设的内与外距离的消解为最终成就的工作。标志着一次对语言的拆解。

在关于私语的判读活动中，得到解释的是我们或真或假的现实处境。如同看到了某种内在，在它与我们对视时又不得不成为又一个待解的内在符码。事物重新被藏匿。每一个人都是待解之谜。认知水平是拓扑性的，我们触摸到的仅仅是一张表皮。人被反复涂改。在呈现的同时被层层加密，语言化人生在瓦解和重建的往复中滑过。

生存需要解释、辩护，甚至赎罪。这是生命衰败的征兆。"假如生活既不具有也不缺乏内在价值而人们仍然不断对之进行评估，那么这种评估可以有用地看作是评估者的身份特征。"

艺术可以是关于"人生"的测量技术。

人需要被器皿盛放，作为牺牲供奉、作为半成品、作为萌芽、作为标本、作为重量、它以身体服侍的祭坛、它血水的重要流向等等的累世成形。它要表达万物。

我拥有的肉身就像我的猎物，它无法逃脱，因为"我"一直清醒着。器皿和盛具是肉身材料靠近自然的最后一层阻隔，它在此地截留了肉身的不确定性和肉体材料的弹性，即可塑性。

人是什么？背部是黑暗的，我们的爪牙是贴附在自然之中的必备工具，它抓捕的是以自然的名义为人类提供背景的语言黑幕，它的黑暗使一切得以沉寂其中。

生活即书写行为。

2012.5

之四：曾经接受过的采访

问1、您对东西方艺术有何看法？

张："东／西方"这种概念，还是基于两种文化地域的思想和心理经验基础的差异。

1、不同的应激反应

产生图像的心理学基础正是文化的特征。

东方人在图像历史上对于群体遭受伤害的心理反应（比如对灾难），处在其特有的文化机制的图像空间中，这个空间其实是隔世的，类似于隐世、出世的境界，其功能是治愈，文人画就是，近代的丰子恺比较典型，他在战争时代对图像的处理就是这样。

西方不太一样，西方人愿意面对伤口、遭遇，因而反应比较现实。

整个20世纪这一时期，尤其是第二次世界大战之后，在西方，基于同样的心理感受，艺术上的应变是一种毁容的、自残的行为，如培根、杜马斯。这其实是因为自从尼采提出"上帝之死"之后，基督教文明就走向被颠覆之路，宗教在心理上的治愈功能削弱了。艺术家因其敏感，要是能够被比喻为一个民族的感觉器官的话，我从图像上感受到的是——他们算是用破坏面部形态的手法来治愈心理伤痕。（这也仅是一个说法，是否有什么样的思想基础可以深入探讨。）而且，在我看来，西方的20世纪，尤其是在后来的所谓的当代艺术中，出现几个典型的精英之后，大家都只是在使用这些精英制造的图像词汇。使用和创造属于两个领域，文化价值上天壤之别。之后，演变到中国，连使用价值都谈不上，大致就是很荒唐的模拟和模仿。没有任何的人格基础和心理基础，不知道它如何能产生。

2、"文革"对中国人心理机制的改造

但是，回溯到心理动机上，跟中国"文化大革命"时期制造的一

些畸形人格特征和欲求有关。

"文革"对现在的文化领域造成的影响，官方文化即是一例，一些艺术机构比如美协、画院等，他们在体现和表达那种思维方式上更顺畅。但在心理人格上，中国的当代艺术并没有能够逃离"文化大革命"对人格的影响，当代艺术这些人在这点上与他们没有太大区别，心理基础的内容还是一样的，像中心主义、个人主义的思维方式，还有对权利的欲望等等。

当代艺术在中国的核心价值是生存，从大多数画家的状态和他们谈出的想法来看，当代艺术都不是出自文化或者政治的角度，而仅仅是在讨论生存层面的问题，主题都是"像野狗一样生存"，其基本动机仍然是——如何在这个政治漩涡里面找到自己的一个生存空间，这也是困扰中国当代艺术最大的问题。对他们来说，活的比别人好就可以了。这和艺术没有关系，这些人也谈不上是搞政治的。

仅我而言，中国当代艺术这块儿没什么可谈的，就是很荒唐的一件事，反而是在中国的文人画里，尤其是唐宋文人画的境界里，能稍微体察到一点儿东方人的心理空间，这里有很多文章可做。

3、"东、西方"的概念模型

东西方的这种分法，不管赞同与否，已是既成事实，大家都在这样谈。

西方占据一个什么样的话语优势呢？就是靠近"西方"就等于靠近"国际化"，它有一个"国际"话语权。但这个"国际化"是挺抽象、挺空洞的一个东西，我有时候就觉得，"西方世界"难道就不是一个部落文化吗？美国不也就是一个民族一个部落吗？不过是它把它的民族、文化夸张成了"国际化"。这其实也是政治、文化霸权的动因。

所以，我不赞成这种提法，我们要国际化，觉得"西方"了就是国际化，逻辑上也不成立。

说实话，我不在乎。东方也好西方也罢，最后还是要还原到个体，而个体是属于宿命的、逃避不了的一个基本单位。人只能以自己个体的成形条件来谈话，不是我站在那儿我就是什么，站在西方我就是西方，站在国际就是国际，宿命是绕不过去的。尊重自己的内心经验和内心感受，立足于真实，才是最重要的，不管在东方还是西方。

要画油画，西方值得认真研究，此后才能有一个好的判断角度，不是要盲从，也不盲目批判，就这样了解而已。西方这方面的文化遗产很有价值，从古典主义到当代艺术，无论是在绘画的语言——技术上，还是观念的革命性上，都达到了文化上的一个节点，这个节点非常伟大。摒弃绘画技术后，尤其是在现代艺术中，它制造出了一些类似禅宗觉悟上的一些东西，比如说沃霍尔、杜尚他们都是摒弃技术后直接在观念上给人以革命性的启发，它的价值在这儿。就是这种东西是不能被模拟的，重复就没有任何意义。它仅仅是一个创造性的文化举动，模拟这个举动没有价值。它就是一闪而现的东西，就是棒喝（禅宗中叫棒喝），不可复制，所以在任何国家再出现这种所谓的当代艺术，我就觉得可疑，怀疑它真诚的基础。失去了真诚的基础，就是在谎言的逻辑中做事。

我个人愿意接受西方在绘画语言词汇上的成果，另外，他们在观念上也有近于东方的做法，这不重合。

文化上建立的这个"东、西方"的概念模型其实并不好用，它在分辨个人思想精华的部分上不得力。这种划分方法，作为一个工具，过于简陋。所以我一直避免比较笼统地谈西方绘画和东方艺术，试图用简单的、一个结论似的概念就把它说明白，是不可能的。还原到个人，有些事情其实是很复杂的，东、西方的有可能不是东、西方的，而是共同的、非常接近的东西。我的绘画没法说是东方的，还是西方的，不一定非得用这个模型分析，太困难了。

4、中国当代艺术

现在东方绘画我们只能谈中国这一块。中国这一块，以我的角度来看找不出几张能够说得上是绘画的。

人首先得在人格上逃离这些文化分类的桎梏，才有可能绘画。这个时代，想做一些文化上的事情，就必须经历心理、观念以及人格上的一番挣扎。要是一个人的人格内容和基础仍被集权意识所控制，怎么可能找到自己的角度？没有自我，怎么能思考、做事？怎么能表达？要脱离这个强大的文化系统，就要有一个足够强的力量摆脱它，但想找到一个个人的支点去放弃那个强大的吸引力很艰难，先得重新活一次，或者死一次，才能再生出一个角度，要不几乎不可能。

有一些简单的概念，大家都在谈，比如你谈感觉，我也谈感觉；

你谈你的艺术主张，我也谈我的艺术主张；其实这掩盖了一个基本的内容——都是站在哪里谈？据点不同，概念相差万里；运用的艺术词汇都一样，但完全是两个世界的东西，常常无法交流也是因为这个。

无论是东方还是西方，回到绘画，都是人格问题，其核心问题是灵魂——如果有灵魂的话。（其实好像没有灵魂，因为灵魂也只是一个尺度，一个用来判断人是否有内在的工具，这一工具是否管用，或适合那段历史很难说。）

所以中国人做当代艺术我感觉一点都不当代，西方人做当代艺术我也没感觉当代。当然，这个说法值得考虑。

问2：在"85新潮"时期，您组织、参与过"北方青年艺术家联盟"、"北方道路"及"版象艺术"活动，您如何看待这段历史及这以后的中国的当代艺术？

张：这与当时国家的情况有关，是改革开放后的文化圈的反应，实际上是思想解放运动。只不过是一些人需要思想解放，而这些人正好是搞艺术的、做绘画的，根本上不是艺术问题，也不是个人问题，而是一个群体的问题。

群体这个概念在这里还是很准确的，当时就是一些有共同需要和愿望的人，算是社会精英凑到一起，想脱离体制，以群体方式做自己的艺术，这是动因。"八五"之后大家开始组织非官方的展览，非官方的结社，比如长春的"北方青年艺术家联盟"，当时叫"联盟"，是长百、路明和我，我们几个一起商量的，同年（1985年）就举办了"北方艺术家联盟"的首届艺术展——"北方道路"艺术展。后来舒群、刘彦、王广义、任戬他们又在哈尔滨搞了一个分部，最早提出群体概念的还是这批黑龙江的，他们在黑龙江组织分部之后，到吉林艺术学院搞了他们的第一回展览，就是"北方艺术群体展"，然后去了北京。当时是一个群体效应，不是个人问题。那时长春学校比较多，一个人其实左右不了太多事情，所以各个大学精英凑到一起想做点儿事。

当时绘画也受其他领域的影响，比如那几年建筑领域、文学诗歌界等文化相关的各个领域都面临这种改变，也有这么一个契机大家联合起来做点事。有一个可以肯定的就是当时的非功利主义的思想，大家都不知道要出名，或者要卖钱，这两个问题都不涉及。而且，当时的思想解放受制于你的思想来源，因为信息特别短缺，画册也少，也就是谁能够多读一些尼采，多读一些西方原著，多看些东西就变得有资源，这也是当时的特征。其实后来的当代艺术也是从"八五"时期的风格、技术延伸出来的，没有更多创新，仍然延续了"八五"新潮时期那种：个人作品要表达什么思想，在个人创作上有哪些可能成为新秩序的东西，比如手法上、创作思路上及题材的选择上的特点。

当时所谓的思想解放也要借助一些外界的启发——西方的思潮，思想上是从尼采、弗洛伊德开始的，绘画上是超现实主义和表现主义。借这些西方绘画的手段，"八五"早些年相对还有较明确和稳定的方向，装饰或唯美，艺术上还是比较单纯单一的。但是作为专业没产生什么学术思想，也没什么建树。当时意识到这点后，我就不再参与新潮和当代这一块儿了。

再往后走，和市场衔接的时候，就变得极其功利，也就是我一开始谈的，中国当代艺术的核心问题其实是生存。如果"85思潮"是思想解放，那么到后来就变成是大家如何生存能更好，就变得更缺乏文化意义。开始还有点文化上的追求和冲动，到后来连这点东西都没有了。大家画好画坏，都从功利主义的角度来评价成功与否。所以我没有在文化上来谈这件事，我觉得这不是文化上的事情，只不过是这些人在商业社会中的谋生手段。我理解杜马斯画死孩子，因为它的文化基础在那儿，但一点都不理解中国人画死孩子，没办法和这些人谈艺术。其他类似的手法，同样没什么基础，不是这个地方自己生长出来的东西。就算当代艺术在"八五"时期有一点存在意义，过后，大家无非拿它作为一种谋生手段来用，它就变成一个生存工具了，哪一个好用，怎么好用，一切都是为了怎么才能更成功，不是艺术，也不是文化问题，这就跟中国的盗版碟一样，仅仅是生存手段和产业问题，甚至是产业的道德问题。

另外值得一提的，就是现在的中国社会里，有一个特殊的现象，它会挤压出一些政治精英、政治反叛精英，虽然这些精英没有一些好的思想基础、有力量的思想基础，但他们的状态是这样的，这方面到还有几个。但在绘画上我看不到，一点也看不到。所以有时候跟所谓的艺术圈接触，觉得好像和文化、和艺术没什么关系。

所以，艺术问题最后还是变成一个个人问题。中国社会葬送的不是哪一个职业，是集体的人格被扭曲、变形，你看那些反抗集权的，反抗皇权的，反抗政府的，跟他们要反抗的东西一模一样，都是被社会所制造的。

问3：您的绘画是如何产生的？

张：使用绘画之外的语言来谈绘画对我来说比较困难，每遇到这样的问题我就都很挠头。比如说你为什么这么画呀？你画的这个是什么？……已经画完了，还要问画的是什么，就让人很恼火。

现在绘画就我个人来讲，有点像是游离的结果，就是我，不想成为这个，也不想成为那个……之后就变成这一个，是一个拒绝的产物，或者说是回避出来的一个隐蔽的空间。这个空间对我的意义就是使问题变得简单。对我来说，到绘画里面，问题就变得单纯，比我的生活更简单，更淳朴，剩下的都是画面的技术问题和语言的词汇问题。

作为某种语言存在的绘画有自身的逻辑：图像的排序、交差结构等，相当于一项工程，不能很简单地凭感觉或是凭手法画画，一切问题都要重新处理，里面的所有元素——思想、情绪、色彩、空间、造型……等等，都必须成为绘画的。打个比方说，一个文学的成分在当中，绘画就会变成插图，很容易倾斜，必须以绘画为最高原则来重新处理这些逻辑关系，但是绘画失去那个特征就不成其为绘画了。这个特征不好把握，还需要克服很大的诱惑，所以对我来说绘画挺难的。

我现在回头看我自己的绘画，发现里面模模糊糊地渗透着一种东方人格；就是说描述一个清晰的人格并不困难，但要描述绘画就很难，但绘画又透露出那么一点人格来；所以将来阐述绘画从这个角度，通过研究绘画暴露出的人格的成分来解读可能要好一些。

我们谈绘画，其实是谈人格问题，"东、西方"的区分也是人格相关的问题，当代艺术也是。说白了，就是如何描述这个人格被制造和自我修正的过程。也许我们不是这个文化的牺牲品，但是为了逃离这个文化却掉到了另一文化里面成为另一种牺牲品，这种困惑无法逃避。从这个角度上讲，人的解放太艰难了。

语言的使用上，因为绘画是一个公共语言，也就存在于公共的语言系统中，所以要尊重一个基本的可读性，否则就是彻底地自言自语，可能和绘画、表达已经没有什么关系了。而且我觉得这方面古典主义留下了比较伟大的遗产，以这个系统的词汇和影响力，足够使你的声音有力量地表达出来。

问4：从您的作品中可能读到"禅"意及哲学上的思考，您自己怎么看待这些观点？

张：我觉得别人的印象里可能存在误解，其实"禅"不可能再次被表达，就是说你不可能拿一个逻辑的东西或者可描述的东西来言说"禅"是什么，可能大家把画面中的这种宗教气氛归于禅宗。

还有一个是图像排序上的破坏性，但是这个破坏性早就在超现实主义那儿解决了，就是非逻辑组合。超现实主义的非逻辑组合的动机跟我的还不太一样，我还是要宗教或者思变上的一个觉醒，这一块跟"禅"在结果上有相同的地方——不执迷，但不等同于"禅"。我刚才讲过，我回避的地方，就是逃避到一个隐蔽的空间里，不是一个明确的思想体系、概念、归宿，不是禅宗，不是佛教，不是基督教。就是一个简单的隐修的空间，一切发生在这儿的与世界都是平行的，一样具有现实意义和象征意义，我觉得这一块儿在这一点上挺危险的，所以不去深入。

谈哲学这块缺乏基础，因为没有办法确立一个稳定的角度。哲学上所有的模型都有其局限性和适用范围，而所有的思考必须借助这些工具（模型），所有的思考工具又都是能被制作的，眼睛只能看到眼睛所看到的东西，执迷于任何一个模型都是很危险的。就是说，人特别容易被极端化，被成型，然后就只能膨胀和夸张，直接的结果就是集权主义，文化上的霸权主义。

禅宗相对而言有一个比较开放的线索，解放自己的思想也是相仿，用一种哲学去破坏另一种哲学，都是希望有更大的空间和准确性，这种努力的结果就是会有新的哲学思想出现。但总有更新的，所以对我来讲，并不适合做哲学担当，我在现在这个领域是比较幸运的，我更适合诗意。

总的来说，我觉得艺术给予人类的贡献可能更长久，更大一些。

问5：您对于作品中色调的选择有什么特殊的偏好吗？很多人认为您的

画面色彩过于深沉、忧郁，您自己是如何思考的？

张：绘画性是首要的。色彩的表情是一个分析手段，作为一个解读工具可以使用，但我画画的时候不使用这个思路。它不是理智所为，只是这个阶段我觉得这种色调组合符合内心要求。大致来说呢，这里面也有一个色彩的逻辑关系，就是协调，统筹它的是内心的情绪声音：就是它符合我现在这个空间的需要。

问6：中国的传统文化对您有什么样的影响？

张：这是一个思想的养分的问题，你接受的、了解到的，以及对你思想有影响的所有的事物转换成图形的时候，都会起一定作用。至于是否能够直接关联，比如说这个图像与另外一个图像有什么关联是说不清楚的。文化还是对人格施加影响，绘画是人格的一个结果。人格的制造过程要谈就比较复杂了。

问7：您能否谈一下您的个人经历与艺术创作之间的联系？

张：这个关联太勉强了，文化教育的影响可能更大一些，跟生活好像没什么关系，有关联也是对人格方面有些影响，这是自然的，什么东西的成长都是环境造就的。

但把画跟经历联系一起这种思路值得疑问的，至少我觉得，在我现在这个阶段，我个人的这种努力可以说已经摆脱了个人经历的影响，能够从学术的角度来看问题，不会因为我个人的问题影响判断。

作为一个想做艺术，或者想在文化方面努力的个体，首要的前提是解决或排除个人问题，也就是不能受制于你的经历。你经历的那点东西算不了什么，必须摆脱这个，绘画不是个人宣泄的工具，艺术更不是，不能因为高兴了绘画也高兴，伤悲了绘画也伤悲，那样是对艺术不负责。不是因为自己的观念是悲观的，生活就是悲剧，要超越它，才有资格谈艺术。

我比较反对绘画史上有些个人问题延伸的倾向，比如说性压抑，反政治，或者一些有明确个人色彩的东西，我觉得这些都比较狭隘，和艺术不沾边。艺术是整个人类群体解救的问题，是一个整体的严肃的问题。

所以我觉得这一块儿很勉强，不要把艺术和这种生活经历相关联，我不觉得蒙克是因为他家里死了人才画出《呐喊》，不是这样，我也不觉得马蒂斯是因为过得好才画得那么舒服，也不是，这是一个社会误读的传奇，在学术上没什么价值。艺术绝不仅是情绪的宣泄，而是更复杂、更深刻、更有生命力的东西。

他人评语:

张喜忠虽然是中国当代艺术最早的实践者——"85新潮"的主要发起成员之一,但他对"当代艺术"的态度却仍然很谨慎。

在那个时期,时代其实允许像他这样的先行者成就一番个人事业,比如成为被所有人认可的中国当代艺术的观念、形式和市场基础的奠基人等。但他却突然脱离了那个群体,回到他认为的"重于一切的"生活中去了。艺术在这以后,也回应了他的预测——"并无发展,亦无建树"。

只是彼时的他还无法回答:为什么中国当代艺术在形式和思想上与西方如出一辙,却又让人觉得异样?

直到经历了十多年的酝酿,不是学究般坐在桌前研究,而是在"生活"中,他才慢慢体会到,艺术的"当代"不是形式或思想内容上的"当代模式",而是个人的、现在的思维方式,即当下的我,并且此"我"是已历练过的,摆脱掉被任何思想所束缚的独立的人格。

人格在达到这种程度上的至纯后,才会沉淀入骨一些真实的、坚定的东西,称之为信仰也好,集体人格也罢(因为它有时确实自然地流露出地域性,比如说在他身上就是"东方"的),而这只是一个人格的众多属性之一。

这个人格单纯而丰富,丰富而深刻,深刻而平凡。

比如人人都能从他的画中体验到的宗教气氛,中国人常常意识到与"禅"相关,但又不认为是彻底的"东方"的东西;西方观者反而能确定这里有极强的"东方"氛围。其实皆因其丰富,回到人格最简单的部分,宗教在终点上是相近的。

当代艺术塑造几个精英的传奇后就没有新鲜事儿了,安迪·沃霍尔式的涂鸦艺术等各种模型遍地开花,操作得当,价格不菲。在不停迎合被制造的市场胃口的山寨作品的洪流中,在这个故步自封的烦躁的"市场艺术"的光芒下,他说,"我不是为了塑造另一个传奇,而是想成为一个参照物，人未必成为我，却能看到我，由我而知，他们距离真实有多远"。

真实是什么？他说他不怀疑这些人在艺术中的真诚，他们确实是在做"当代艺术"，这个模式化的"当代艺术"，这个形式上一眼就能被辨别的"当代艺术"；他也不怀疑他们做这些"当代艺术"时的热情；但是他怀疑他们做人的真诚。只有完善的人格才能独立地思考，只有独立地思考才能独立地做事，而这个人格绝不会为主流思想所左右。这倒是和柏拉图的哲学家、和孔子立人相如，不过他肯定不赞同，因为他不希望被匹配到任何思想模型中；并且因为任何思想形成文字就会变成模型，就变得可疑，所以他放弃了建立自己的思想体系，大多数时候，他宁愿陷入自相矛盾的逻辑悖乱中，并美言之"诗意"。

而这也是他转回绘画的原因。

落入"生活"的这段时间，二十多年里，他也并非不涉及艺术——真正意义上的艺术。他写字，有两篇长文，竭尽心血，十年一篇，《涤忽·于安》、《哭岛》，甚于《马尔多罗之歌》。

写完《哭岛》之后，写完他的一生之后，他身心俱疲，再也不想动笔。晦涩冗长的文字，读起来都很累。

所以他回到绘画，因为绘画是更有弹性的语言，不像文字每字每词都要严格甄选，即便途中有别原意，因为这种语言的模糊性，最后也能成立为绘画，《报（豹）喜图》就钻了这个空。他是这么想的，但是事实上仍然苛刻自己，每笔都纠结，"一张画下盖了好几张画，这一张下面已经有二十张"，他说，且每下一张愈甚。

他的画初看是西方古典主义的味道，他也坦诚是一个倾向于古典的精英派。选择这个语言，对于他来说，也许不仅仅是因为古典主义艺术在语言上的力量，而是他本质上就有学院派的自信，名为精英的自信，不是保守的保守的自得。大概人看向什么地方，就能走到什么地方吧，古典主义在这一点上和他正好情投意合。

之五：张喜忠结结巴巴的开幕式持小抄发言稿

　　大家来到这里也是因为绘画的缘分，对于绘画也有许多不同的定义和解释，也有架上绘画已死的说法。在我追问人生的意义时，人生就变得荒谬而虚无，我也理解绘画已死的说法，但是只要呼吸还在，思考还在，生命就呈现出它鲜活的光芒，虽然它处于困惑之中。我的作品作为一种自我认识、自我反省的病例，它的意义不再是审美的目的性的。一种存在的基本特征是排他性："我不是你，才是我，无论你是谁。"我的现实状态就是循着我的反省和痛感去排他性的活着，沉下心来，倾听自己的喘息，人的内心是谁也抚摸不到的。这些作品作为一份证据挂在那里，与你们对视，这或许是一种慰籍。肉身是信仰的供奉机构，殉道是它的唯一出路。展览的标题是我有意对一位哲人的误读："我是他者的人质"，就是我无奈的面对这个世界的一种关系。

之六：断章取"义"，如是我说

1、"85新潮"是全民山寨运动的开始，没什么可炫耀的，毫无积极意义，我后悔误入其中。

2、建国以后几十年形成的绘画陷阱，把今天成千上万的人带到沟里，令人作呕的采风写生运动，无数小清新田园风格泛滥。体验生活？生活是人正在经受的，不是要到什么别的地方去体验，体验个屌啊！这对文明的进程毫无贡献，是毫无文献价值的垃圾、废品，是已经被历史消化过的食物废品，是粪便。吴冠中的作品是典型，最后是四方连续的图案作品，是小清新、小田园情调的写生，给女孩儿小说做插图都不配。在食物上已经被消化过的是排泄物、是粪便，在精神文化上呢？是什么？也一样是排泄物。美国人遮掩它的方法就是所谓的消费主义文化，现代主义中的波普文化就是大众恋（屎）癖的狂欢。

3、成功学导致艺术急功近利、职业化，艺术的性质是人的"病历"，是鲜活的有伤痛的生命症状。

4、中国当代艺术自"85新潮"至今，就是一场山寨艺术及人生谎言，中国当代艺术的文字痕迹就是这么说的，表明了它以生存为目的的性质。看看标题就可以知道了：像方力钧的《像野狗一样生存》、栗宪庭的《重要的不是艺术》，先是"丐帮帮主"，后是"教父"，谈到的几乎都是如何艰难求生存，最后如何衣锦还乡、成功接受招安，投降到体制的苦逼历程。

5、而已经在体制内的，无一幸免，全部葬送在被权利豢养的命运之中。"为了生存很无奈地……"云云，这是一个很充足的理由啊。

6、把艺术世界看成江湖，就会有牛鬼蛇神出没于此，装神弄鬼，各出奇招。大江湖有大骗子，小江湖有小混混，蔡国强、徐冰、展望，这些卖烟花的、卖破烂儿的、卖假石头的，这些大卖家们满世界吆喝着。呵呵，真忒么地热闹。还真有一条好汉艾未未，也只是一条好汉，给老艾点个赞。听说也卖过瓜子儿，呵呵。

7、体制内享受着豢养的就不用我啰嗦了，全世界都知道怎么回事儿。这是些随即将被一同埋葬的牺牲品，灰飞烟灭。（哎，最终我们谁不是呢！）请个老头唱首歌吧：Christy Moore–Ride On（没有条件的请自行脑补）。

8、别拿国际当代等大概念唬我，什么当代，什么国际化，不就是美洲部落文明、欧洲城邦文明的放大吗？培根是个脆弱的孩子，二战后整个世界的创伤害他自残和毁容，看我们丰子恺二战期间画得阳光和温情，一个东方老者能做的慰藉如此。文化不一样的，对伤痛的反应不一样的。不是不记仇，是反应方式不一样，学培根、学杜马斯的，是怎么回事儿？

不用你们骂我闭嘴，我会闭嘴的，其实真的没有什么好说的。

2015.7.31

黄昏的守望，雨中的寻觅（后记）

张 衍

每每看到张喜忠的作品《乡愁》，我都会想起这两句唐诗来：

日暮乡关何处是，

烟波江上使人愁。

画面上一个被雨衣包裹得严严实实的人和一个弱小成宠物般的老虎相依在一处，我偏执地认为，它背景的大幕正是渐次消逝的黄昏，四周苍凉，而他们又似乎无助之极。无助等于无望，也许他们在守候着什么，是隐隐的故土乡思，还是飘忽不定的雨季，抑或是茫然而遥远的未来。总之，留给人们无尽想像空间。而在人们意欲奋展联想翅羽之际，喜忠又给了我们一个暗示，即作品的命名：《乡愁》。

我问过喜忠乡愁是什么？喜忠想了想说，乡愁就是找不到回家的路……这句回答让我们都不免黯然，立时觉出氛围有些沉重。多少美丽的乡愁在赋予我们绚烂希望的同时又悄然淡出我们向家乡眺望的眼神。前不久，我在苏州科技大学天平学院作讲座时，便与同学们分享了这部作品以及在我心中它应有的内涵。

我知道，作为一名出色的艺术家，喜忠心中的乡愁或许更多的是形而上意义的，它太繁杂了，或许缘于对传统失落的某种忧心，或许缘于对宋元时期中国绘画辉煌往事的憧憬，或于缘于许许多多的心中的纠结与无解。

不知别人怎么看，反正我在喜忠的写实性很强的画面上读到了一种心酸与苦闷。联想到当下的生活，居然也会形成若许红尘世界中的共鸣。比如我们童年时那清澈的江水、甜美的歌声哪里去了？比如我们往日那一日不见如隔三秋的青春的甜美哪里去了？再比如那曾经温暖我们的炉火何时开始变得惨淡，比如我们中的太多太多人缘何对于未来放弃了向往的权利……

这一切，喜忠的作品没有给予我们精确的回答，但是，我却从中看到了他的努力与坚守，以及那颗被希望与失望反复交织的内心。他在与我们同行，并用他的绘画语言铿锵着我们无路可退的前行。

喜忠是一直在前行着，哪怕偶尔的，哪怕是义无反顾的逆水行舟。《我的风帆》恰恰说明了这一点，那是一种坚韧的表达。我把这幅作品理解为喜忠身上那种消磨不尽的文人风骨，任凭世俗、任凭磨难也无法将其侵蚀、将其消融……

我由于写作上的关系，接触过许多艺术家，更听到过太多的所谓"大师"的传闻，但是一路走来，他们中很多人就是整个社会价值观极度扭曲的缩影。其作品早已失去了直指人心的道义，而是直奔金钱与奢华，且不说这些人与传统文人恪守的"富贵不能淫、贫贱不能移、威武不能屈"格格不入，甚至连最起码的礼义廉耻也抛诸脑后。试想一下，这些人在这种心态下产生的作品，会是些什么？在此我并非是说众人皆醉而喜忠独醒，其实与喜忠同行的艺术家们也大有人在，只是他们竭力避免流俗的行为在滚滚的红尘大浪中，变得吃力而已。或许这也是他们痛楚之源之一，如何做一个有良知、有道义、有担当的艺术家，我想才是他们心中真正的思考。所幸的是，这些艺术家正在用心用血用迷惘中的探索，为人们展现出他们的作品，告诉人们，除了那些大行其道的绘画，还有这样的写心之作。

喜忠的主人公，我理解为喜忠的内心世界。一袭雨衣将其深遮，是脆弱还是恐惧，让人无法深窥。哪怕是具有轻松情趣的《悟心禅师的兰花草》也无法离开那件冷冷的雨衣。有雨的时候，《雨中人》可以凭藉雨衣遮挡住风寒的交迫与雨雾的凌乱，可以帮助他迈出向迷茫世界探求的脚步。可是面对内心焦灼的《心火》，以及安静祥和的《归宿》，雨衣依旧不可或缺。

一直到了今年喜忠试探着改变其风格的作品《六二〇手记》中的主人公，在阳光下，还是一身雨衣包裹。或许这正是张喜忠作品的独特魅力吧，它在期待着更多的人们走入他雨衣内的世界，而且，随着阳光的植入，我一直坚信，也一定会有更多的人看到雨衣内的火热胸怀，而喜忠也必将无穷大地接近他心中向往的艺术圣境。

2016年深秋

创作

记 忆

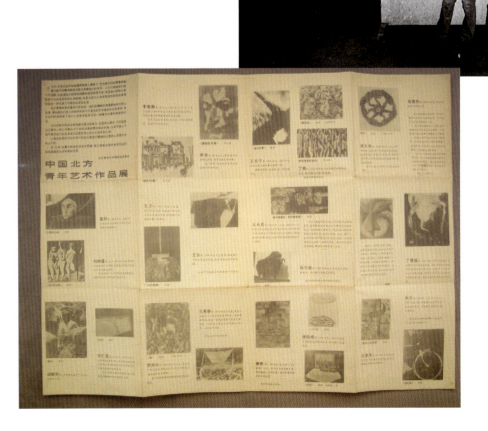

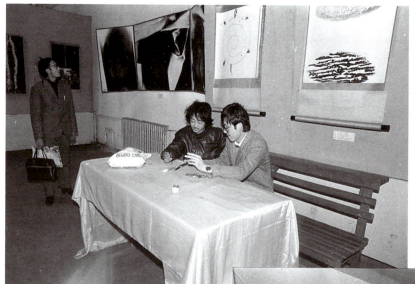

友 情

张喜忠、杜跃春

朱方、张喜忠

金昌国、王罡、张喜忠、张衍

黄岩、王长百、关大我、张喜忠

黄岩、王长百、张喜忠

姜文、张喜忠

画 展

作品

六二O手记
30cmX40cm · 2016
亚麻 . 油彩

Bridge of Hearts ｜花心

230cmX180cm · 2008
Acrylic on Canvas ｜亚麻 . 丙烯

143

With Blue Wings ｜蓝翅膀

230cmX180cm · 2009
Acrylic on Canvas ｜亚麻 . 丙烯

Leopard & Magpie　　│豹喜图

230cmX180cm · 2008
Oil on Canvas　│亚麻．油彩

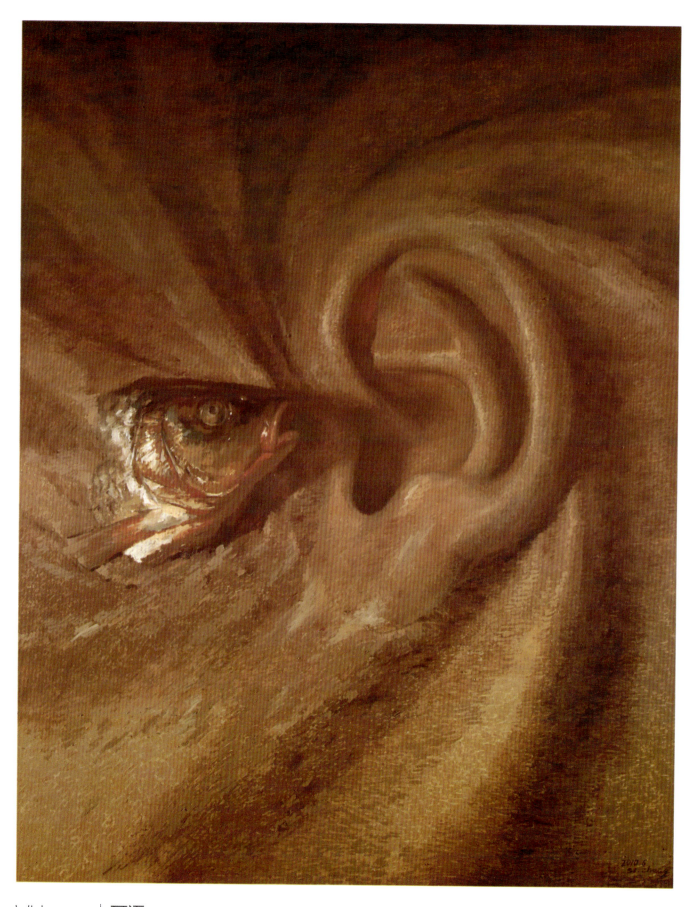

Whisper ｜耳语

230cmX180cm · 2011
Oil on Canvas ｜亚麻．油彩

Bo-tree ｜ 菩提树

230cmX180cm · 2009
Oil on Canvas ｜ 亚麻 . 油彩

Shore ｜ 岸边
40cmX50cm · 2012
Oil on Canvas ｜ 亚麻．油彩

Campfire ｜ 篝火

30cmX24cm · 2012
Oil on Canvas ｜亚麻．油彩

Untitled ｜无题

15cmX10cm · 2012
Oil on Board ｜木板 . 油彩

Man outside the Wall ｜墙外人
30cmX20cm · 2012
Oil on Canvas ｜亚麻．油彩

Rainy Season ｜雨季
24cmX18cm · 2012
Oil on Canvas ｜亚麻．油彩

The Limitations of Visual | 视觉的局限性
50cmX60cm · 2012
Oil on Canvas | 亚麻.油彩

Scapula ｜ 肩胛骨
50cmX40cm · 2008
Oil on Canvas ｜亚麻 . 油彩

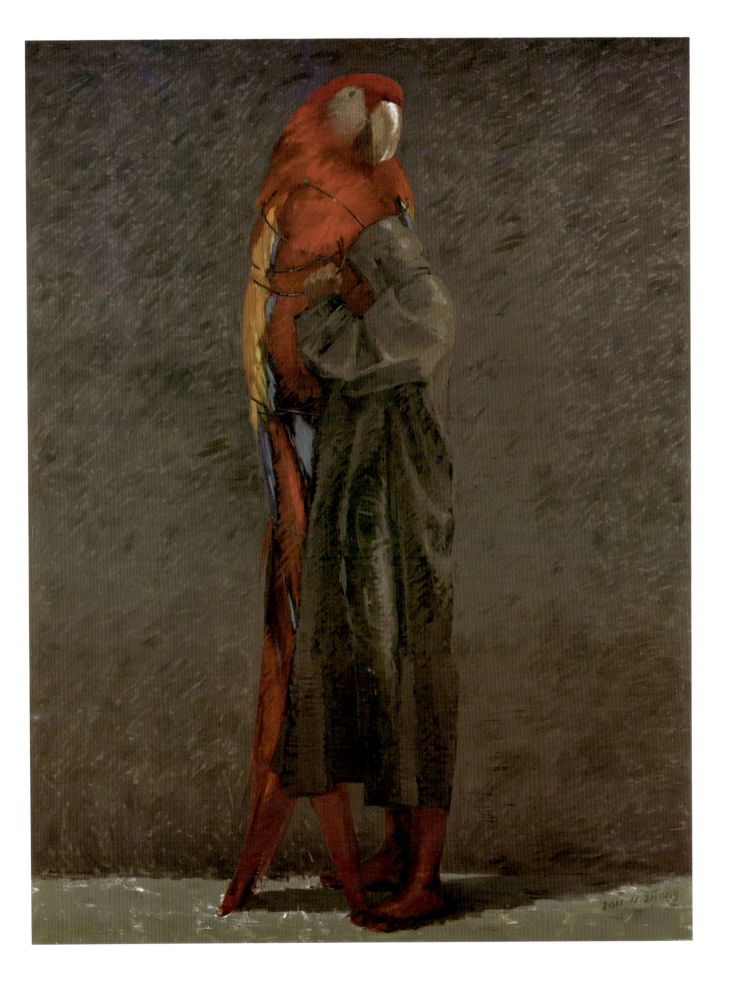

Iron Wire ｜ 铁丝
200cmX150cm · 2011
Oil on Canvas ｜亚麻．油彩

162

Vegetarian ｜素食者
100cmX81cm · 2010
Oil on Canvas ｜亚麻．油彩

S·Z
2008

My Sails ｜ 我的风帆

230cmX180cm · 2012
Acrylic on Canvas ｜亚麻.油彩

Knocking ｜敲

230cmX180cm · 2012
Oil on Canvas ｜亚麻.油彩

Fish ｜ 大鱼

150cmX110cm · 2011
Oil on Canvas ｜亚麻 . 油彩

Disorder ｜ 错乱

230cmX180cm · 2008
Acrylic on Canvas ｜亚麻 . 丙烯

Red Message ｜ 红消息

230cmX180cm · 2012
Oil on Canvas ｜ 亚麻 . 油彩

Fatality Image - The Earth Pastoral of Lunatic | 宿命图 - 癫狂者的大地牧歌

150cmX110cm · 2013
Oil on Canvas | 亚麻 . 油彩

Infinite Light | 传灯图

40cmX60cm · 2013
Oil on Canvas | 亚麻 . 油彩

Deep Breathing ｜深呼吸

230cmX180cm · 2010
Arcylic on Canvas ｜亚麻 . 丙烯

Fatality Image - Coastline | 宿命图 - 海岸线
150cmX110cm · 2013
Oil on Canvas | 亚麻 . 油彩

Fatality Image - Physiognomy ∣宿命图 - 面相
150cmX110cm · 2013
Oil on Canvas ∣亚麻 . 油彩

Ups and Downs 上升下沉

230cmX180cm · 2009

Arcylic on Canvas 亚麻.丙烯

2009.X.2

The soul can do nothing but weep

Pope Gregory the Great

Thus Spoke Gregory |格里高利如是说

230cmX180cm · 2011
Oil on Canvas |亚麻.油彩

Untitled ｜无题
18cmX24cm · 2012
Oil on Board ｜木板 . 油彩

2012

Mascochism ｜自虐者
30cmX40cm · 2013
Oil on Canvas ｜亚麻.油彩

Nostalgia ｜乡愁
150cmX110cm · 2012
Oil on Canvas ｜亚麻 . 油彩

Mourning for the Sea 　|　悼念大海

230cmX180cm · 2012
Oil on Canvas 　|　亚麻 . 油彩

Rainbow in a Moment 　｜ 彩虹瞬间

220cmX180cm · 2012
Oil on Canvas 　｜ 亚麻 . 油彩

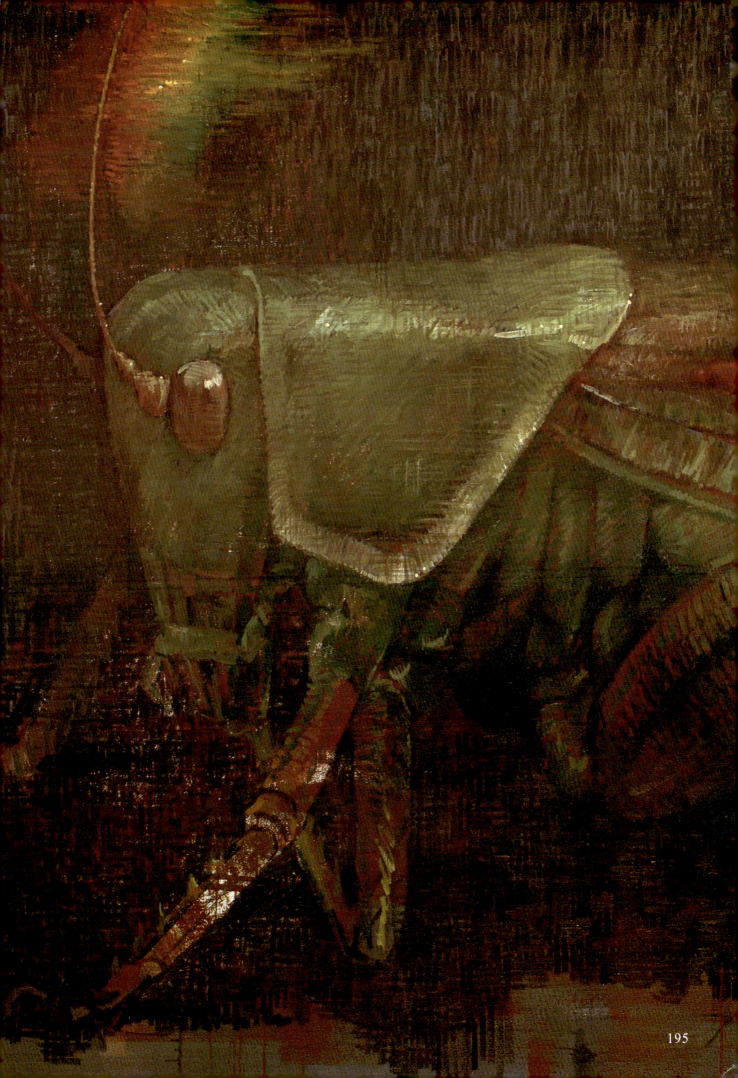

First Page ｜ 第一页

100cmX80cm · 2008
Oil on Canvas ｜ 亚麻 . 油彩

Walking Lion 　|　行走的狮子

100cmX80cm · 2008
Oil on Canvas 　|　亚麻．油彩

Bone-build Boat ｜骨船

158cmX110cm · 1995

Oil on Canvas ｜亚麻 . 油彩

End-result ｜归宿
230cmX180cm · 2008
Oil on Canvas ｜亚麻.油彩

Who's Moving ｜谁在动

230cmX180cm · 2008
Arcylic on Canvas ｜亚麻 . 丙烯

Who's Watching 丨 谁在看

230cmX180cm · 2008
Arcylic on Canvas 丨 亚麻.丙烯

2008. X·Z

By-gone ｜往事
360cmX190cm · 2010
Oil on Canvas ｜亚麻．油彩

Wuxin's Fragrant Thoroughwort | 悟心禅师的兰花草

150cmX110cm · 2012
Oil on Canvas | 亚麻 . 油彩

Fire in the Heart　｜心火
150cmX110cm · 2011
Oil on Canvas　｜亚麻 . 油彩

The Man in the Rain 　│雨中人

150cmX110cm · 2011
Oil on Canvas 　│亚麻 . 油彩

Bloody Story │血腥故事
30cmX24cm · 2012
Oil on Canvas │亚麻 . 油彩

Rumple ｜ 皱褶
100cmX100cm · 2009
Oil on Canvas ｜ 亚麻．油彩

216

Fatality Image - Wounded Assyria
宿命图 - 负伤的亚述

150cmX110cm · 2013
Oil on Canvas ｜亚麻 . 油彩

Fatality Image - Elegy of Self-ferryman   宿命图 - 自渡者的挽歌
200cmX150cm · 2014
Oil on Canvas |亚麻 . 油彩

Pine, Wind, Mountain, Moon, My Mantle is Endless ｜ 松风山月·我无尽衣钵也

150cmX110cm · 2014
Oil on Canvas ｜ 亚麻.油彩

Woodman with Plum Blossom ｜ 梅花樵夫

150cmX110cm · 2014
Oil on Canvas ｜ 亚麻.油彩

Skeleton ｜骨骸

100cmX80cm · 1998
Oil on Canvas ｜亚麻．油彩

Shading ｜不见光
50cmX60cm · 2014
Oil on Canvas ｜亚麻．油彩

Heartless Water | 水无心

100cmx80cm · 2014
Oil on Canvas | 亚麻 . 油彩

Fatality Image - Paper-horse Knight | 宿命图 - 纸马骑士
200cmX150cm · 2014
Oil on Canvas | 亚麻.油彩

Revelations ｜启示录

50cmX40cm · 2008
Oil on Canvas ｜亚麻 . 油彩

July, 15th in Lunar Calendar | 阴历七月十五
73cmX53cm · 2014
Oil on Canvas | 亚麻 . 油彩

Joyful Time　｜肉身时光
120cmx80cm｜2014
Oil on Canvas　｜亚麻.油彩
230

2014 9